ADOLESCENTS.CAT
EL MANUAL

laGalera50

Primera edició: febrer del 2013
Quarta impressió: març del 2013

Redacció d'Adolescents.cat
Roger Carandell i Viñals
Ernest Codina i Roca
Alba Martínez i Carreres
Alèxia Salvà i Escardó
Col·laboradores
Núria Codina i Forcada
Clara Lapiedra i González
Assessorament psicològic
Elena Crespi

Disseny
Book & Look

Maquetació
Endoradisseny

Edició
David Sánchez Vaqué

Coordinació editorial
Anna Pérez i Mir

Direcció editorial
Iolanda Batallé Prats

La Galera, SAU Editorial
Josep Pla, 95 – 08019 Barcelona
www.lagalera.cat
lagalera@grec.cat

Imprès a Limpergraf
Mogoda, 29-31. Pol. Ind. Can Salvatella
08210 Barberà del Vallès

Dipòsit legal: B-458-2013
Imprès a la UE
ISBN: 978-84-246-4744-5

PRÒLEG

COM SERÀS QUAN SIGUIS GRAN? HO HAS PENSAT ALGUNA VEGADA?

Feia estona que jo ja no escoltava el que l'Aina m'estava dient. Tots dos estàvem asseguts en un banc esperant el tren que ens havia de portar a casa, ja era fosc i feia un fred que ens obligava a estar molt a prop l'un de l'altre. Ho faig sovint això de no escoltar quan parlo amb algú, tot i que sembli una incoherència. Suposo que, de manera inconscient, quan intueixo que la conversa derivarà cap a un tema que no m'interessa, desconnecto. Jo em trobava enmig d'una d'aquelles pauses que el meu cap necessita fer de tant en tant quan ella, que es recolzava sobre la meva espatlla, va fer aquella pregunta. La vaig trobar fascinant i encara ara, que han passat uns anys, me la plantejo i no puc evitar tornar a recordar aquella escena.

Que delicat és intentar parlar de l'adolescència. Sort que a mi només em toca fer el pròleg perquè us asseguro que no sabria per on començar aquest llibre. Porto dies pensant què escriure i us enganyaria si no us digués que he refet aquest text desenes de cops. És, si més no, un tema complicat i sobretot molt personal, difícil d'abordar sense acabar caient en els tòpics més evidents. L'adolescència és una època de canvis, complicada, plena de desenganys, de descobriments, de bogeria... Quantes vegades hem sentit tot això? Certament ho és, però no de la mateixa manera per tothom, no? No tots vivim en les mateixes condicions ni a la mateixa velocitat. He conegut joves amb una maduresa que molts adults envejarien i adults incapaços de solucionar problemes de nens. No sóc partidari de generalitzar, sinó de valorar allò que tenim i que som, cadascú a la seva manera.

Ara que tot just comencem a prendre consciència de nosaltres mateixos, ens hauríem de regalar una mica més de temps. Temps per nosaltres, per preguntar-nos qui som, i a partir d'aquí, decidir qui volem ser. Estem aprenent a viure, i equivocar-nos, si és a la nostra manera, no deixa de ser positiu. Tot el que vivim ara ho veurem reflectit en nosaltres mateixos quan haguem deixat enrere el nostre nen. Però és feina nostra, que mai ningú ens digui com hem de viure o qui hem de ser.

I tu, qui vols ser quan siguis gran? Ho has pensat alguna vegada?

Carlos Cuevas

ÍNDEX

- 5 símptomes per saber si estàs enamorat o enamorada
- Com creus que ha de ser el noi o la noia de la teva vida?
- 5 consells per fer el primer pas
- Com puc saber si li agrado?
- 5 consells per dissimular els nervis davant de la persona que t'agrada
- Coses que no has de fer per no agobiar el noi que t'agrada
- Com puc dir-li que m'agrada?
- L'amor d'estiu: característiques
- M'estic pillant del meu millor amic... què faig?
- Coses imprescindibles que has de saber si vols tornar a veure el noi o la noia que has conegut
- Llocs típics per quedar amb el xurri
- Llocs originals per quedar amb el xurri
- És cert que el primer amor és l'únic de debò?
- Trobaré algun dia el noi o la noia de la meva vida?

AMOR

Alguns el persegueixen tota la vida i no el troben mai. D'altres hi tenen un cara a cara inesperat que els marca per sempre. En qualsevol cas, l'amor és un dels grans temes de la vida i, segons diuen, és l'únic sentiment capaç de fer-nos fer coses mai imaginades. És allò que es diu que l'amor mou muntanyes. Si bé és cert que hi ha diverses menes d'amor (d'amics, familiar, envers coses, animals o fins i tot idees), nosaltres volem centrar-nos en l'amor de parella. En aquest, es barregen sexe i estimació, i ha d'esdevenir la primera pedra per a la construcció d'una vida comuna i la possibilitat de crear una família.

◗ És problable que t'enamoris per primer cop durant l'adolescència, una etapa de molts canvis, d'inestabilitat emocional, de descoberta de la sexualitat i en què afloren, per primera vegada, la majoria de sentiments d'una manera conscient. Per això, volem que la més intensa i bonica de les sensacions tingui un paper essencial al llarg d'aquest llibre. Què sentiré quan estigui enamorat? Com he d'afrontar la meva primera relació? Com sé si el que m'envaeix és amor o obsessió?

◗ L'amor ha inspirat moltes pel·lícules, llibres, obres d'art i, a més, és el motiu de moltes llegendes. Sense anar més lluny, el dia 23 d'abril, Catalunya celebra el dia dels enamorats, en què els nois regalen una rosa vermella com la sang (del drac) a les seves enamorades i aquestes entreguen un llibre als seus xicots, coincidint amb el dia mundial del llibre.

◗ Els experts en la matèria de la redacció d'*adolescents.cat* han elaborat una sèrie de consells i d'articles per resoldre gran part dels enigmes que els lectors del portal han plantejat des de l'inici de la nostra aventura a la xarxa. El nostre repte és convertir-nos en una ajuda i suport durant els teus primers passos en aquesta odissea, que pot ser meravellosa, si la sort i una bona gestió t'acompanya.

5 símptomes per saber si estàs enamorat o enamorada

Vols saber si realment estàs enamorat? Si tens la majoria d'aquests símptomes vol dir que estàs penjadet d'una persona. No pateixis! Tothom s'enamora alguna vegada a la seva vida! L'enamorament és un estat emocional que es caracteritza per les pautes següents:

- **1. DESIG:** Tens moltíssimes ganes d'estar amb una persona. Tocar-la, abraçar-la, estar amb ella... Creus que no pots viure si aquesta persona desapareix del teu costat.
- **2. RECIPROCITAT:** A la vegada vols que l'altra persona senti el mateix desig que tu i, per tant, vols que l'enamorament sigui correspost.
- **3. ATRACCIÓ:** Aquesta persona no només t'atrau físicament, sinó també psíquicament: la seva manera de fer i de pensar t'encanta!
- **4. NERVIS:** En presència d'aquesta persona et poses molt nerviós/osa. Sents com una coseta a l'estómac i no ets capaç de concentrar-te en cap altra cosa que no sigui ell o ella.
- **5. ATENCIÓ:** No te'l pots treure del cap. Hi penses constantment, t'interessa tot el que fa i t'agradaria estar amb ell o ella a totes hores.

Si no és la primera vegada que t'enamores, segurament ja saps de què va i has patit tots aquests símptomes. Si tot això no t'havia passat mai, BENVINGUT AL CLUB! Ara ja saps què és!

COMENTARIS:

dfbddbdhjndub!!!!!:$
saaraaa
BFBFBF, ESTIC MÉS PENJADA QUE UN FUET DE CASA TERRADELLES DEL CAPRABO:') :$

:$
Anònimuuuuuss,
Estic pillada d'un noi des de que el vaig veure el primer dia a 1r d'ESO. Ara faré 3r i encara sento algo per ell, però no sé com explicar-ho.

Joooo
Lauu
Matxo, a mi ja m'ha passat vàries vegades i realment és una putada!

:·
Pau
Em pensava que tenia diarrea però es veu que estic enamorat!

Com creus que ha de ser el noi o la noia de la teva vida?

No hi ha un noi o una noia perfectes! Tothom té els seus defectes. Tot i així, a la majoria dels humans ens agrada que ens tractin bé, que ens cuidin i que ens mimin... Aquests són alguns dels requisits que TOTS volem trobar en la persona que ocupi el nostre cor. Per això et donem una petita ressenya de com ens agradaria que es comportessin amb nosaltres davant de determinades situacions:

Si... **ELL O ELLA...**

...t'enfadessis amb ell o ella i marxessis, **ET SEGUIRIA.**

...et quedessis mirant-li els llavis, **ET FARIA UN PETÓ.**

...et quedessis callat/ada, **ET PREGUNTARIA QUÈ ET PASSA.**

...l'ignoressis, **T'ANIRIA AL DARRERE.**

...estiguessis plorant, **NO ET DIRIA RES, NOMÉS T'ABRAÇARIA.**

...et veiés en pijama, **ET DIRIA QUE LI ENCANTES.**

...caminéssiu junts, **ET RODEJARIA LA CINTURA AMB ELS BRAÇOS.**

...li posessis el cap a l'espatlla, **ET FARIA UN PETÓ.**

...li robessis el seu jersei preferit, **ET DEIXARIA QUE HI DORMISSIS I QUE L'HI TORNESSIS A L'ENDEMÀ.**

...et burlessis d'ell o ella, **ES BURLARIA DE TU I ET FARIA RIURE.**

...sortís de festa sense tu, **T'ENVIARIA UN WHATSAPP DIENT-TE QUE T'ESTIMA.**

...estiguessis malalt/a, **ES QUEDARIA AL TEU COSTAT.**

COMENTARIS:

que cuuuqiiii
fgdrsd,
Ooooix:) ojalà fessin això!

aiiiii k cukis!!
mairaaa,
que maco, això sí que és romàntic!!

bfff!
Xuju! ,
ojalà tots fossin així! Digueu-me cursi però el meu noi ideal hauria de ser així amb mi!

Olé!
Anònima11,
Quin gran article, potser s'hauria d'aprendre més d'articles així, he de reconèixer que és cert, i efectiu...
petons adolescents!

5 consells per fer el primer pas

Com es pot trencar el gel? De quina manera puc cridar l'atenció? Com puc tirar la canya amb estil i aconseguir el meu objectiu? Segueix els nostres consells i ho veuràs! ;)

- **1. NO DUBTIS:** És important que, a l'hora de trencar el gel, **no et vegin insegur**. A més, en cap cas és bo que et quedis amb l'espina clavada. En aquests casos, agafa't a la frase: «només vivim una vegada» o «el no ja el tens».

- **2. SIGUES ORIGINAL:** No entris dient «hola guapo/a!», «Estudies o treballes?», o qualsevol altra cosa altament previsible. **Si marques la diferència, és fàcil que guanyis punts.** Per exemple: «Perdona, et puc fer una pregunta? Tu et passes el fil dental abans o després de rentar-te les dents?». Pot ser que vulguin trencar-te la cara, o bé que es posin a riure i ja et mirin amb uns altres ulls.

- **3. COMENÇA PER PARLAR AMB UNA AMISTAT DE LA PERSONA QUE T'INTERESSA.** El grau de risc és més baix, i **en el cas de rebre una negativa, sempre és millor que arribi per part d'algú que no t'interessa tant.** Contemplem aquesta opció d'allò més viable per fer un primer pas en l'intent d'aconseguir un individu que ens interessa veritablement.

- **4. POTS OPTAR PER LA VIA SINCERA.** Sense ser gaire groller, apropa't a la persona que rondes i digue-li: «Mira, com que no sé si et tornaré a veure... Penso que t'ho he de dir! Ah, i que sàpigues que no acostumo a fer aquest tipus de coses: fa estona que t'observo i, ara no perquè estàs de festa, però m'agradaria que un dia d'aquests m'acceptessis un cafè».

5. PROVA LA TÈCNICA DE LES MIRADES I ELS SOMRIURES. Segons una enquesta realitzada a la mateixa redacció d'adolescents.cat, **la millor manera de trencar el gel és temptejar, a base de miradetes, la presa que pretenem.** Si no et segueix el joc, millor que facis un canvi d'objectiu. Mira de combinar la miradeta amb un somriure el més natural possible.

COMENTARIS:

;)
mariooooooneta!,
Sense cap mena de dubte els somriures són la millor arma! :D

Crec que cal una guia per lligar
DJ Dejota, (@roger_1991)
Mireu: fa un temps a casa meva els va donar per buscar-me nòvia, jo era molt tímid amb les noies i veient que passava del tema (no sabia com entrar i a més tenia un secret, que ara us diré). Un dia vaig explotar i els hi vaig dir que n'estava fart: "Per si no us n'heu adonat a mi les noies no m'agraden, sóc gai", els hi vaig dir. Us asseguro que ara per a mi lligar amb tios és més fàcil que entrar-li a una xicota.

jaajkaijdlkáñ
hngslkfáñ
El primer és indispensable, però jo moltes vegades tinc por, pk sé que em diran que no o pensaran què vol ara aquesta? Sóc insegura i admiro les persones que ho fan amb tota la naturalitat del món. Sé que si no ho faig jo no ho farà ningú més però tot i així, sempre tinc aquesta por...

Com puc saber si li agrado?

Us presentem una llista de signes físics que us poden ajudar a saber si qui preteneu està receptiu o no. Són de gran fiabilitat, ja que els ha escrit **Helen Fisher**, antropòloga de la **Universitat Rutgers**, Nova Jersey (EUA). Com pots saber si li agrades?

ELLES

- Somriuen
- Miren fixament
- Canvien de peu
- Accentuen l'atenció
- Es toquen el cabell
- Torcen el cap
- Alcen la mirada amb timidesa
- Riuen nerviosament
- Fan sonar la llengua
- Aixequen les celles
- S'humitegen els llavis

ELLS

- Es col·loquen bé els cabells
- Es freguen la barbeta
- S'empolainen més de l'habitual
- Estan nerviosos
- Mantenen el cos en acció

LOVE

COMENTARIS:

Laiii
Anònimaaaa,
Si quan el tinc al costat mou el peu com si l'haguessin electrocutat vol dir que està coladet?

Maaarc
Se'm nota.
A mi se'm nota molt que em mola... em poso supernerviós i no sé què dir...

....
laksdjl,
Jo crec que li molo però no n'estic segura. Crec que li preguntaré als seus amics, però no vull semblar creguda!

5 consells per dissimular els nervis davant la persona que t'agrada

Si et veu molt insegur/a o nerviós/osa, l'altra persona pot sentir-se incòmoda. Per això creiem que aquests consells poden anar-te bé per millorar les teves actuacions amb el tio o la tia que et mola!

1. NO DESVIÏS LA MIRADA: Si ho fas notarà que estàs insegur/a i pot ser que no li cridis tant l'atenció. Fes-li una mirada tendra i seductora i no se't podrà resistir.

2. IMAGINA-TE'L AL LAVABO: Si tens molta vergonya, imagina-te'l amb els pantalons abaixats a la tassa del WC. Si te l'imagines en una situació divertida o fins i tot còmica, la vergonya et passarà automàticament.

3. PARLA AMB SEGURETAT: Tingues clar el que vols i parla sense embuts. Ara... tampoc cal que li fotis la xapa! Ha, ha, ha.

4. IMAGINA'T QUÈ LI DIRIES A UNA ALTRA PERSONA, T'AJUDARÀ A SER NATURAL: Si t'imagines que estàs parlant amb un amic o una amiga i no amb la persona que t'agrada, la conversa et sortirà més fluida.

5. PENSA'T UN PARELL DE PREGUNTES PER SI MAI TE'L TROBES I NO VOLS QUEDAR-TE EN BLANC. Parla-li d'un amic en comú, els estudis, el seu esport preferit, la família, etc.

COMENTARIS:

aaaa
Anònimatousasdasdsad,
Lo del lavabo que bo:') Si penso lo del lavabo m'agafarà un atac de riure.

iep
hihi
Jo…és que quan estic davant d'ell no em dóna temps a pensar tant.

monnera
monnera,
HAHAHAHA. NO!, per molt que intenti mil coses sempre em poso nerviosa davant del noi que m'agrada.

Coses que no has de fer per no agobiar el noi que t'agrada

- 1. CONTROLA'T AMB EL WHATSAPP. Tot i que enviar WhatsApps és gratis, no et passis. Els nois s'agobien fàcilment. Val més que en rebi pocs i el deixis amb ganes de més.

- 2. NO ET PRECIPITIS. No vagis massa ràpid, el compromís normalment els fa por —són així els tios—. Vés a poc a poc i arribaràs a bon port.

- 3. NO LI PARLIS DELS TEUS EXS. Tot i que alguns nois no els fa res que els parlis dels exs, n'hi ha que els ratlla moltíssim i fins i tot els poden arribar a pillar mania! Evita el tema per si les mosques...

- 4. NO MOSTRIS MASSA INTERÈS. La psicologia masculina fa que com més passis d'ell, més t'anirà al darrere! Això sí, no passis olímpicament d'ell perquè es cansarà, eh! Troba la mesura justa.

- 5. NO LI CRITIQUIS ELS AMICS. Per a ells els amics ho són pràcticament tot! No li critiquis les tardes de PlayStation o els amics de futbol! És més, intenta portar-te bé amb ells i li caurà la bava!

COMENTARIS:

♥
Anònimaaa ♥,
A vegades als nois no se'ls entén... i'm in love!♥

weqf
ACG
A veure si funciona, porto un piló de temps darrere d'ell. Crec que el millor és que m'hi acabi declarant, no? Desitgeu-me sort, plis :)

Jesus Gili
Moar Cats
No intentis canviar-lo, és la més important de totes.

OG
Anònima7
MOLTÍSSIMES gràcies :D
Ho intentaré no fer!
Sou els millors!

Com puc dir-li que m'agrada

Hi ha dues maneres bàsiques de declarar-se: la clàssica i l'original.

1. Clàssica: A través d'una conversa. Poses en pràctica un discurs sincer que serveixi per explicar-li que els teus sentiments van més enllà de l'amistat! Pots dir-li tot allò que t'agradaria fer al seu costat, sense espantar! Has de deixar-li clar que estàs disposat a anar a poc a poc, és important no estressar l'altre, però no tens perquè amagar-te del que sents! No tinguis por al rebuig! Si no és aquesta persona, en serà una altra!

2. Original: L'originalitat és una virtut humana que et servirà per causar una millor i més gran impressió a la persona que estimes, en el moment de declarar-te.

Hem tingut una idea original, a veure què us sembla:

La cosa seria que recopilessis imatges i moments que hagueu compartit durant la vostra relació presentimental. Preparessis una **projecció o vídeo** amb el PowerPoint amb una **música emotiva i amb les imatges més significatives**, que pots acompanyar amb el text que creguis convenient... Es tracta de resumir la vostra relació i **deixar l'última diapositiva amb un interrogant i un cor** (al gust de cadascú). Ha arribat l'hora de proposar-li que, a partir d'ara, **la vostra relació continuï caminant sobre el terreny de l'amor.**

COM LI PUC DIR A UN NOI QUE M'AGRADA?

- **No ho facis directament:** És important que no li diguis mai directament que t'agrada. Es poden espantar!!! Li pots dir que t'ho passes molt bé amb ell... que et trobes súper a gust amb ell... Mai li diguis literalment: «M'agrades» o «estic enamorada de tu».
- **No ho facis davant dels seus amics:** Sovint els nois quan són amb els seus amics es comporten d'una manera més freda amb les noies que quan no hi són... i de vegades per fer-se els xulos t'ignoren i sudin de tu.
- **Intenta quedar-te amb ell a soles cada dia una estoneta:** Si estàs tot el

dia enganxada a ell,a part que ho notarà, no tindrà temps de trobar-te a faltar!!!

- **Mostra't segura de tu mateixa:** Amb por no aniràs enlloc. Si fa falta repeteix-te per dintre el que vols aconseguir...
- **No siguis pesada:** Si ell no n'està gaire segur el pots agobiar i anar-li massa al darrere serà contraproduent... deixa'l respirar!!!

COM PUC DIR-LI A UNA NOIA QUE M'AGRADA?

- **Sigues romàntic:** Les noies en el fons som unes romàntiques. Escriu-nos un poema, una carta, una cançó... Tot i que ens faci vergonya o no ens agradi el noi, ens deixarà un bon sabor de boca!!!
- **Fes el primer pas:** Moltes noies esperaran que facis tu el primer pas. No et sentis pressionat! Fes-ho quan estiguis preparat!!!
- **Intenta quedar-te amb ella a soles cada dia una estoneta:** Si estàs tot el dia enganxat a ella, a part que ho notarà, no tindrà temps de trobar-te a faltar!!!
- **Insinua't:** Deixa-ho entreveure però no l'hi diguis directament.
- **No siguis pesat!** Si ella no n'està gaire segura la pots agobiar i anar-li massa al darrera serà contraproduent... deixa-la respirar!

COMENTARIS:

anserio??

Anònim5776755,

Això funciona si és el teu millor amic/ga, perquè ja et dic jo que la confiança és molta més que amb un amic/ga normal... I de vegades es fan coses que confonen fins al punt que crec que m'he pillat d'ella... i nosé què sent ella, i no vull cargar-me tota l'amistat si no sortís bé :S Ajuda adolescents!:S

Adolescents.cat

A l'Anònim 5776755,

Hola!!! El primer que hauries de fer és saber si el que sents és amistat o alguna cosa més... Sabem que és difícil de determinar-ho però cal que t'aclareixis per saber si val la pena intentar alguna cosa més. Si realment estàs penjat d'ella el proper pas seria insinuar-te i veure la seva reacció... Si no s'ho pren gaire bé, millor deixa-ho córrer perquè vol dir que només et considera com a amic... i si et segueix el rollo: Has triomfat!!! T'aconsellem llegir l'apartat 9!

L'amor d'estiu: característiques

Per fi és estiu! Vas de vacances i et quedes totalment penjat/da d'una persona que estiueja al mateix lloc que tu... Sorprenentment ella també està coladeta de tu i... comenceu a sortir!!! Però... per què se'ns fa tan especial l'amor d'estiu?

1. És un amor molt intens, ja que té una data d'inici (quan arribes al lloc d'estiueig) i una data de fi (quan tornes cap a casa).

2. Et trobes en un entorn que no és habitual i no tens vergonya: és estiu, fa calor, sovint hi ha festes al poble i les hormones van a tope!!!

3. És molt difícil que l'amor duri fins al setembre. La distància i la manca de contacte físic fan difícil una relació física. Normalment tots dos us n'adoneu i ho talleu abans de penjar-vos com un fuet!

4. Sovint les noies volem que no s'acabi mentre que els nois tenen més clar que millor deixar-ho com un «amor d'estiu».

5. Poden deixar molt bons records o experiències terribles: Si tots dos teniu clar el que hi ha no hi haurà cap problema... però si un dels dos sent més per l'altra persona, pot fer-lo patir i molt!

Que un amor d'estiu acabi o no en una relació depèn dels dos. Si en teniu ganes i voleu començar una relació en la distància sou ben lliures de fer-ho. En el moment que un dels dos pateix, aquest amor ja no es considera sa: cal parlar amb l'altra persona i dir-vos sense embuts què sentiu i què voleu.

COMENTARIS:

rgvfds
Anònimrgf
Jo crec que l'estiu s'ha de passar a tope, però sobretot disfrutar-lo molt.

encertaat!
libra!,
Acabo de deixar-ho amb el meu nòvio després de tot l'estiu! Era aquest tipus d'amor del que parleu?

M'estic pillant del meu millor amic... què faig?

És un dels problemes més freqüents entre els adolescents: enamorar-se del teu millor amic o amiga. Des del Fòrum, una noia ens pregunta què pot fer si s'ha pillat del seu millor amic. Li doneu un cop de mà?

> «Hola! Doncs això, crec que m'estic enamorant del meu millor amic... Dubto que ell ho sàpiga i que li agradi... Jo no em vull pillar, però ho estic fent!»

Aquest és el missatge del Fòrum. Des de la redacció, però, també hi volem afegir algunes preguntes que ens vénen al cap i que segur que molts us heu fet algun cop.

- LI HAIG DE DIR QUE M'HE PENJAT D'ELL?
- SI EM DECLARO PERDREM L'AMISTAT?
- ES POT BARREJAR L'AMISTAT I L'AMOR?
- COM L'HI PUC DIR SENSE QUE SE SENTI INCÒMODE?

Aquestes són algunes de les preguntes que ens fem davant d'aquesta situació. La resposta a aquestes preguntes només la teniu vosaltres. Com que coneixeu tant l'altra persona, jugueu amb avantatge!!! Pensa què li agradaria al teu millor amic/a, si cal, agafa un paper i un boli i fes-ne una llista.

COMENTARIS:

....
bueno...
Si el teu amic és amic de debò i t'entén... penso que no s'ho hauria de prendre malament, no? Crec que la noia aquesta ha de fer el que ella pensi, i si no... pot demanar ajuda.

erwerg
rtg23r
Crec que si no estàs segur de que l'altra persona sent el mateix no has de dir-ho perquè t'arrisques a perdre la persona, i ho dic per experiència, a mi em va passar i em vaig distanciar moltíssim d'aquella persona.

uygf hjkkjnhbgyvf
Ajudaaa!,
Mireu, a mi m'està passant, fa temps que em mola el meu millor amic, jo l'hi vaig dir i ell em va dir que d'acord que no passava res i que no afectaria la nostra amistat, el problema és que sí que ha afectat. Quan estem sols ja no parlem i no em sento còmoda parlant amb ell, no el puc mirar a la cara i a més no sé… em sembla que li molo però ell no ho vol dir a ningú i estic molt confosa, em podeu ajudar? Merciii!♥

diagali!
Anònimaaaaa noia
:), A mi em va passar... estava totalment enamorada del meu millor amic, vaig deixar que passés el temps, perquè no l'hi volia dir per no perdre la nostra amistat, però les meves amigues em deien que l'hi digués, que ell també estava enamorat de mi, jo no els hi feia cas, preferia la nostra amistat que perdre'l tontament per culpa de dir-l'hi... però cada cop era més evident de que jo li agradava a ell i un dia em vaig armar de valor i l'hi vaig dir... i ara estem sortint junts!! ^^ .. :)

Coses imprescindibles que has de saber si vols tornar a veure el noi o la noia que has conegut

Us ha passat mai que heu conegut un noi o una noia que us encanta i no l'heu tornat a veure més per vergonya de demanar-li el telèfon? Et donem 8 consells molt útils que has de posar en pràctica si vols tornar a veure aquella persona que has conegut:

1) Demana-li que t'agregui al Facebook: Per molt que l'hagis conegut, si no tens com contactar amb ell, no us podràs tornar a veure.

2) Els primers dies després de coneixe-us són claus: Si deixes passar massa dies, perdrà l' interès i no sabrà ni quina cara fas.

3) No vagis a sac: Coqueteja i deixa entreveure què t'agradaria amb ell però no l'espantis.

4) Sigues misteriós/a: No li expliquis la teva vida. Deixa que et remeni el Facebook, vegi les teves fotos i es generi la seva pel·lícula sobre la teva vida.

5) Tingues en compte que ell o ella també farà el mateix amb tu... per tant, vigila l'estat amb què publiques, les cançons de Spotify que queden registrades al Facebook o les fotos lamentables que segur que tens com a públiques.

6) No li diguis a tot que sí. Si veu que ets una persona enfeinada i amb molts projectes encara s'interessarà més per tu!

7) Parlar per Facebook està molt bé... però encara està millor quedar amb ell/a... Busqueu un dia i aneu a prendre algo! Les primeres cites són importants per veure de quin pal van!!!

8) Si després de la primera cita no t'ha convençut serà difícil que tingueu un bon feeling... Si t'ha encantat, no ho mostris obertament... espera't una mica i proposa una segona cita!!!

COMENTARIS:

XD
Em felicito a mi mateix
Totalment cert! Un dia vaig conèixer una noia en una festa i no ens vàrem donar el mòbil ni res... Mai més l'he tornat a veure... Em felicito a mi mateix! Només sé que es diu Laura. Laura, si llegeixes això que sàpigues que hagués pogut passar algo guai entre nosaltres.

Lila
Sisisi
A mi m'ha passat de conèixer un noi i veure que tenia fotos penoses al seu Facebook i ja no quedar directament amb ell.

Nil
Añldkfj
El flirteig és la millor fase! Per això jo vaig de flor en flor.

XXX

Llocs típics per quedar amb el xurri

Aquests són els llocs on més adolescents queden amb la seva cita. Vols saber quins són?

- CINEMA: És el típic lloc que se t'acudeix anar en una cita. Molt adient sobretot per a tímids i per als que no sabeu què dir (sempre podeu acabar comentant la pel·li... i com que al cine no es parla... a fer manetes!!!).

- UN PARC: Uns bancs davant d'un paisatge bonic és un espai romàntic i un punt misteriós... Sobretot si esteu en un parc desconegut per als dos. No vagis al parc del costat de casa teva perquè pot ser que passin els teus pares o els seus i et quedis més vermell que un tomàquet.

- UN BAR: Anar a prendre algo és una cita força típica i que funciona. A l'estar asseguts l'un davant de l'altre trencareu la distància i donareu més joc a les mirades i els gestos...

- PASSEJAR PEL CENTRE D'UN POBLE O CIUTAT: Preferiblement que no sigui la teva per evitar trobar-te amb persones conegudes. Sempre pots parar-te en un bar i fer un gelat o un Cacaolat.

- PORTA'L A UN LLOC REPRESENTATIU PER A TU: Més adient per segones i terceres cites. Porta la persona amb qui surts al gronxador on jugaves quan eres petit o a l'arbre on t'enfilaves.

COMENTARIS:

Menneuh
Ñadk
Mentre estiguis amb la persona que t'agradi no importa el lloc.

kjamnskdjfakln
adsfaoidmfao,
M'agrada... ^^ ho tindré amb compte i kedaré amb el meu amor de la vida ;)

joo^^
ss,
Siip els parques ajajja amb bancs és lo millor!*_*

Llocs originals per quedar amb el xurri

Ja està bé de quedar a cafès de barri on, a més d'una manca clara d'intimitat, el grau de sorpresa és sota zero. Si vols deixar empremta i generar un record profund, és hora que t'ho «curris» una mica i cerquis un lloc especial. No cal que encarreguis un vol a l'espai, ni tan sols que et gastis molts diners; és tan senzill com sortir de la rutina i construir un ambient singular.

No només es tracta d'escollir un lloc atractiu, cal que l'indret en qüestió sigui capaç de produir una sensació en l'altre. Un impacte emocional considerable et col·locarà en una situació de privilegi en la consecució del teu objectiu. El camí més difícil, poder quedar amb el teu «amor», ja l'has fet; com sempre, es tracta de saber aprofitar aquesta oportunitat per donar continuïtat a la vostra relació.

Avís: Una cita excepcional de façana no és garantia d'èxit assegurat. Caldrà que posis en pràctica alguns dels consells que *adolescents.cat* ha preparat per a les teves cites especials. (Vegeu articles 3 i 5.)

5 llocs ideals per a una primera cita:

- 1. UN PARC D'ATRACCIONS. Us hi esperen un munt de sensacions que podreu compartir de bat a bat. Imagina't un dia al costat d'algú que et mola realment amb qui viure espectacles, cremar adrenalina, seure plegats en un àpat, riure, cridar, etc. Sortireu del parc temàtic amb un munt d'anècdotes que podreu recordar durant un munt de dies i haureu generat un codi comú a partir de tots els moments viscuts. Sens dubte, es tracta d'una bona opció.
- 2. UNA POSTA DE SOL. Fes-t'ho venir bé. Cita l'altra persona en un indret el més silvestre possible (un turó, un prat, etc.), on es pugui respirar aire pur i hi hagi la possibilitat d'escoltar la brisa

i el so dels animalons. Pots iniciar una passejada calculada perquè arribis al destí just en el moment en què el sol s'amaga per l'horitzó. Preocupa't pel seu benestar i deixa't portar per aquest moment tan màgic. Allibera't de tensions i gaudeix d'aquest moment tan romàntic.

- ★ 3. UN PÍCNIC. Menjar és un moment força personal. Si fa bon temps i tens l'oportunitat d'accedir a un paisatge adequat per a l'ocasió, no desestimis aquesta opció. Prepara un menú senzill i lleuger i col·loca'l en carmanyoles. Un cop al camp, situa't en una ombra agradable amb bones vistes. Assegura't que l'altre està ben còmode i sigues tu mateix/a. Segur que els resultats superaran les expectatives.
- ★ 4. PASSEJADA NOCTURNA: Feu una passejada romàntica sota la llum de la lluna. Pots improvisar sobre la marxa i fer veure que tens molt clar per on passaràs. Això sí!! Tingues clar com tornareu... la màgia i el romanticisme es poden perdre quan portes dues hores esperant el nitbus per tornar a casa i no et saps els horaris!!!
- ★ 5. FES-LI UNA GIMCANA: Sonarà molt friqui però segur que es queda amb la boca oberta. Pregunta-li si pot quedar aquell dia i digue-li que ja anirà rebent més pistes d'on heu de quedar. Prepara-ho tot amb antelació: horaris de transport públic, llocs, proves... Ho pots enviar tot des d'un mail creat especialment per a l'ocasió. Segur que posa molt de misteri a la situació i que serà una cita que, si més no, recordarà tota la vida. Per cada prova superada li pots fer un regalet!!!

COMENTARIS:

Cucurutxo
A mi em van preparar una vegada una gimcana per la seva ciutat. Amb el noi no va funcionar però de la cita me'n recordaré tota la vida!!!

Xuviré
Bergucci31
Prefereixo els llocs típics tot i que he de reconèixer que ho hauré de provar algun dia.

És cert que el primer amor és l'únic de debò?

Sovint les pel·lícules, les novel·les i les nostres cançons preferides ens han fet pensar que l'únic amor que existeix de veritat és el primer. Si bé és veritat que el primer amor a l'adolescència marca i molt, no per això cal dir que és l'únic «de veritat». Qualsevol mostra d'amor sincer és de debò i per tant s'ha de viure com una experiència única i irrepetible. No hi ha un sol patró únic d'amor però sí que podem afirmar que el primer amor és el més innocent: No tenim cap prejudici respecte a l'amor ni l'hem experimentat mai abans. Per tant, no hi ha hagut cap experiència que ens hagi marcat ni ens hagi fet pensar què passarà després.

I ♥ U

Tots hem sentit a parlar de «l'amor per sempre»: «Van viure feliços per sempre més». L'amor dels contes, l'amor de la vida. Fer que l'amor duri no és gens senzill. La convivència i el dia a dia fan que l'espurna es vagi encenent i apagant. Cal cultivar i cuidar l'amor perquè la flama no s'apagui: Per fer-ho, cal saber com! El secret està dintre nostre.

Segurament mai no oblidaràs al teu primer amor... et quedarà marcat. PERÒ AIXÒ NO VOL DIR QUE HAGI DE SER L'ÚNIC DE LA VIDA.

COMENTARIS:

Aina
Lalala
Jo tampoc crec que l'amor veritable sigui el primer. Quan tenia 14 anys em vaig enamorar bojament d'un noi i vàrem sortir un any. Quan em va deixar, el món se'm va caure a sobre i pensava que ningú més em faria més feliç que ell. Però el destí em va portar a conèixer el noi amb el que estic ara i sóc molt feliç. Ara recordo el dia en què plorava tant per ell i penso que va ser una tonteria...

Gerd
Xicotet
Jo mai he pogut oblidar la meva primera nòvia. Faci el que faci o estigui amb qui estigui penso per què la vaig deixar escapar. Tornaria enrere només per dir-li com la vaig estimar i com l'estimo encara ara... Estic molt pillat!

Lluna
Ladfkj
El primer amor és la primera experiència... la que fa més il·lusió, la més ingènua, càlida i tendra. És quan ho descobreixes tot. Suposo que la primera vegada per tots és molt important i no s'oblida mai. Però no per això vol dir que ens haguem de quedar amb aquesta.

Trobaré algun dia el noi o la noia de la meva vida?

Aquesta és la pregunta del milió d'euros que tothom es fa alguna vegada a la seva vida. I la resposta no és gens senzilla. En primer lloc, cal deixar clar que no existeixen les mitges taronges: Hi ha taronges senceres. No hi ha una persona que estigui feta per a una altra: hi ha dues persones que s'estimen i decideixen acoblar la seva vida per forjar un camí comú, amb uns objectius clars i uns valors i un respecte mutu del mateix calibre.

Molts diuen que l'amor de la vida no es busca: es troba! Com més obsessionat estàs a buscar una persona més es triga a trobar la ideal. Per trobar una persona compatible amb tu cal no tenir pressa i conèixer-la abans de fer qualsevol pas. Les presses per trobar algú poden fer que surtis amb la primera persona que passi per davant. Per això cal repetir-te a tu mateix: Sense presses, si us plau.

La paciència és la mare de la ciència i de l'amor. No existeix l'home ni la dona perfectes i per molt que el busquis no els trobaràs! Tothom té defectes!!! La clau és estar còmode amb tu mateix i sentir-te feliç amb el que tens. Quan vols el que no tens és quan ets menys feliç.. i la felicitat i la no-felicitat s'encomana! Per tant: Accepta't tal com ets i amb tot el que tens i seràs un imant de persones felices com tu!

LOVE

COMENTARIS:

Johann
21sega
L'amor de la meva vida pot aparèixer en qualsevol moment. Cal estar atent! I sobretot preparat per fer-lo créixer i cuidar-lo cada dia, cada hora i cada minut.

Mireiot
Gasel·la1714
Crec que no existeix «la persona perfecta». Existeixen sentiments que ens fan feliços: gent que ens dóna el que necessitem i rep orgullós el que li dónes.

Moreorless
Prat12988
No sé si existeix o no un amor de la vida. I si existeix no només ha de dependre d'allò que et surt espontàniament del cor, sinó que ha d'anar lligat a una decisió personal de compartir la vida amb algú. El món és ple de gent i per tant hi ha infinites possibilitats d'estimar.

4ulls
Miop69
Si algun dia veieu l'amor de la meva vida doneu-li el meu número!

TESTS D'AMOR

a la pàgina 236

- Les 3 etapes de l'amor
- 5 consells per triar la parella perfecta
- 7 claus per saber si és la persona ideal
- Els 5 tipus de nòvio més perillosos
- Tot el que has de saber sobre la gelosia
- 7 coses que fas i saps que no hauries de fer
- Relacions de parella: bones o perjudicials?
- Noia, si el teu nòvio et fa alguna d'aquestes coses, és que no t'estima
- Consells per solucionar els problemes de parella sense discutir
- 5 consells per no cansar ni avorrir la teva parella

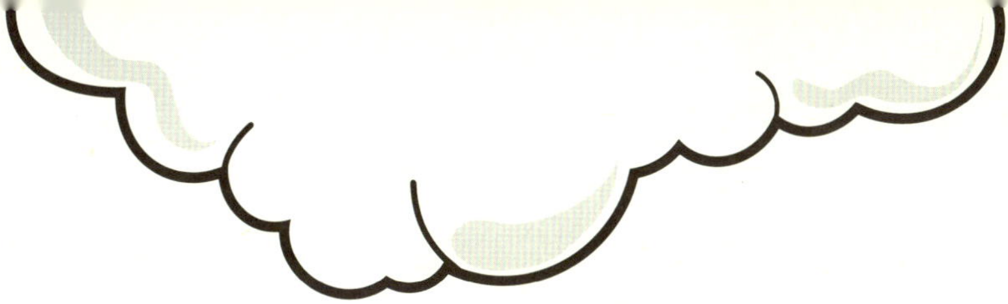

PARELLA

«T'estimo més que res en el món, més que a ningú, per sempre i sempre t'estimaré». Aquestes són algunes de les paraules que han ressonat més d'una vegada a les nostres orelles i que ben segur tornarem a escoltar. Però has de pensar que ben poques coses són per sempre, que el que un dia t'havia semblat el més màgic i genial del món l'altre et pot semblar una merda i ho deixis córrer. Per això has de pensar que sí, que està molt bé tenir un xurri i passar-t'ho superbé amb ell/a... però el que més importa ets tu mateix/a, que estiguis bé i et sentis bé tal com estàs. La vida són quatre dies i no està feta per patir. No tenir parella no és un drama... tenir-la tampoc.

T'hem explicat mil vegades que no hi ha mitges taronges, que hi ha taronges senceres que es complementen amb d'altres. Compartir moments de la vida amb una altra persona és molt bonic sempre que hi hagi ganes i il·lusió per part de tots dos. El primer petó, el primer gelat compartit, les primeres "risses", les vostres cançons i intimitats són un tresor molt gran que guardaràs sempre tancat amb clau al teu cor i mai oblidaràs. No importa que la persona estigui a l'altra punta del món... el teu cor no deixarà de bategar. Perquè en l'amor no hi ha fronteres, ni entén de races ni llengües. Cada parella és un món i la vida és plena de colors!!!

Les 3 etapes de l'amor

Tot i que l'amor se sent de manera diferent depenent de la persona, hi ha unes fases comunes per les quals tots els éssers humans hem passat. Parlem d'etapes, però això no vol dir que una etapa passi darrere l'altra ni que segueixin aquest ordre. Es tracta de tipus de sentiments que es van alternant sense cap motiu aparent ni ordre establert. Hem catalogat aquestes sensacions en tres categories tot i que n'hi pot haver més.

1. L'ATRACCIÓ FÍSICA: Un noi/a et mola físicament. Et posa molt el seu aspecte i et posaria a mil estar amb ell o ella. D'altra banda també sents necessitat que et doni carinyo i que et mimi. En aquest sentit dintre d'aquesta fase també es trobaria una atracció romàntica que consistiria a tenir desitjos que van molt més enllà d'un desig sexual i s'aproparien més a un desig sentimental.

2. L'ATRACCIÓ HUMANA: No només t'agrada físicament sinó també la seva manera de fer i de pensar. Penses que és la persona que encaixa més amb les teves idees i que seríeu súper bona parella. En aquesta etapa de l'amor, hormones com la dopamina o la serotonina tenen molt d'efecte en el nostre cos.

3. LA FIXACIÓ: Estàs obsessionat amb aquesta persona i només penses en ell o ella. Vigila! Això no és gens bo per tu. Cal que pensis en tu mateix i en la manera com pots ser feliç amb aquesta persona. Sovint aquesta fase s'accentua quan hi ha un rebuig per part de l'altra persona o bé quan una de les dues persones creu que hi ha perill de perdre la relació per qualsevol fet alieè a la parella que hagi succeït.

COMENTARIS:

Sisi
Annimíssima,
Siguem sinceres, si t'atrau física i humanament és inevitable la fixació ajajaj, tot i que totes sabem que no és bo perquè després acabem patint.

fsfasafasfsafasf
a la de dalt!
Mentida, pot ser que no el trobis gaire atractiu però que t'agradi la seva manera de ser i després acabis pensant: veus, no és tan lleig. Això no té ordre.

jrofgps
Anònimle´dfjdjlrwdv
L'amor és la droga més forta que existeix.

5 consells per triar la parella perfecta

Ningú ens ha ensenyat a triar la persona amb qui ho volem compartir tot: la nostra parella. De fet, hi ha qui defensa que no la triem nosaltres, l'escull l'amor. Quan l'enxoixamenta apareix, poc podem fer per evitar-ho! Tot i així, us volem donar 5 consells per triar la parella ideal:

- **1. COMPARTIR FORÇA COSES PERÒ NO TOTES.** És recomanable compartir amics en comú per sortir junts de festa de tant en tant i organitzar vacances, però també és MOLT IMPORTANT que cadascú tingui el seu cercle d'amistats. En tema d'aficions i gustos també cal buscar el punt mig. Compartir-ne alguns però no tots. Això fa que la relació no entri en la rutina. Si ho fem TOT, TOT i TOT junts, un dels dos membres de la parella es pot arribar a cansar i això a ningú li interessa! ;)

- **2. ACCEPTA LA TEVA PARELLA TAL COM ÉS.** Al principi d'una relació tot és molt bonic però a mesura que anem coneixent a fons el nostre nòvio o nòvia, també li comencem a trobar defectes. Accepta la teva parella tal com és. Intentar canviar el caràcter d'una persona, excepte que siguin coses molt puntuals i concretes, és una guerra perduda. Els caràcters no es canvien així com així. Sí que és cert que es poden canviar determinats comportaments d'una persona i que normalment quan estem enamorats aquests aspectes se solen obviar, però a mesura que avança la relació acaben sortint a la llum!

- **3. SI LA TEVA PARELLA ÉS UNA PERSONA QUE,** encara que t'agradi físicament, no et transmet confiança absoluta, t'avorreixes amb ella o no teniu de què parlar,

JA HEM BEGUT OLI! Si vols que la relació sigui llarga i feliç, busca algú que no només t'agradi pel seu físic, sinó que et faci costat, parli amb tu, sigui amiga teva, li tinguis confiança i sobretot et transmeti seguretat!

- **4. EL NIVELL DE MADURESA HA DE SER SEMBLANT.** No tots madurem de la mateixa manera i menys quan som adolescents. Així que està comprovat que aquelles parelles que més duren i ho fan de manera més feliç són aquelles en què tots dos tenen un nivell de maduresa similar. Diuen que les noies maduren abans que els nois. Tot i que l'edat no és important per forjar una relació, hem de tenir en compte que el comportament i els valors d'una persona i de l'altra siguin compatibles.

- **5. SI EL TEU NÒVIO O NÒVIA T'HA FET MILLOR PERSONA** i ha aportat nous valors a la teva vida, a més de confiança, no el deixis perdre. Això és molt difícil de trobar i fa pinta que anirà molt bé... :))

COMENTARIS:

TELA
certissimmm........,
ÉS CERT!!!!!!!!!!!!!!!!!! El nivell de maduresa ha de ser equivalent!
CREIEU-ME............... TT

és l'amor qui tria...
m anònima,
Potser he vist massa pel·lícules, però jo sóc de les persones que creuen que no ets tu qui tria, sinó que és l'amor...

t'estimo!
Marta98987,
Tinc la parella perfecta *-*
Sort per aquells que encara no heu tingut l'oportunitat de tenir nòvi@ ;)

7 claus per saber si és la persona ideal

Tothom s'ha equivocat, i més d'una vegada, pensant que algú era la persona de la seva vida i al final... patapam! Us deixem 7 claus per no equivocar-vos i saber si és o no la vostra parella ideal.

- 1. Per saber si és o no la persona ideal **L'HAS DE CONÈIXER MOLT BÉ.**
- 2. Cal que tingui **LES MATEIXES PERSPECTIVES I IDEES DE FUTUR QUE TU** (a nivell familiar, d'ambicions professionals, de convivència...).
- 3. Heu de tenir un **NIVELL DE MADURESA** i equilibri emocional semblants.
- 4. Cal que tingueu uns **VALORS COMUNS** (amistat, fidelitat, compromís...).
- 5. Cal que tots dos tingueu molt clar que compartireu **MOLTS MOMENTS JUNTS** i, per tant i en part, haureu de ser els millors amics.
- 6. Per tal que la cosa funcioni us heu de posar **CATXONDOS** mútuament. Una parella sense atracció sexual és molt difícil que funcioni.
- 7. No només us heu d'agradar físicament sinó també **LA VOSTRA PERSONALITAT**. Tot i que a primera vista us agradi, heu de pensar que xocareu en alguns punts. Només vosaltres haureu de saber com tirar endavant.

COMENTARIS:

jujuju
jooop
SÍÍÍ, PER FI HE TROBAT A LA MEVA PARELLA IDEAL. ESTIC AMB ELLA DES DEL 28/01/2012 I PELS PLANS I IDEES QUE PORTEM PRETENEM DURAR MOLTÍSSIMS ANYS MÉS. LA MEVA VIDA ABANS HAVIA ESTAT PLENA DE TIES (QUE NO EREN PER MI), PERÒ PER FI SÉ QUE AQUESTA ÉS PER MI.

kljñjñkj
jooo
NO EM FA FALTA LLEGIR PER SABER QUE ÉS LA MEVA NOIA PERFECTA.
T'estimo moltíssim, petita

Els 5 tipus de nòvio més perillosos

Totes les noies busquen el noi ideal, això és evident. Però no sempre s'acaba trobant aquest príncep blau. Per ajudar-vos una miqueta més, el portal liguin.com ha elaborat una llista amb els tipus de nòvio més perillosos que us podeu trobar! Volem saber si us heu trobat amb algun noi d'aquest tipus?

1. EL NÒVIO AMB MAMITIS: Són aquells nois que necessiten constantment el consell de la seva mare per fer qualsevol cosa! Al final la mama acaba formant part de la relació i fins i tot se la poden emportar de vacances amb tu!

2. EL NÒVIO INSEGUR: Són capaços de renunciar a tot i deixar-se trepitjar només per por de perdre la seva parella. Mai proposen res, no tenen iniciativa i sempre tenen una actitud depressiva pensant que la nòvia els deixarà. Això és insuportable! Una mica de vidilla, alegria nois!

   NÒVIO INSEGUR 2: Hi hauria un subgrup d'aquest tipus de nòvio perillós que seria aquell noi que no està segur mai de fer un pas més a la relació. Es qüestiona tot 30.000 vegades i li costa molt acceptar els seus sentiments. Intenta pensar més amb el cap que amb el cor i li talla les ales i les il·lusions a la seva parella.

3. EL NÒVIO MANIPULADOR: Fora. No interessa gens. Aprofiten qualsevol excusa per manipular a la nòvia! Fan servir frases com "Si m'estimes deixaràs que..." o "No em vols acompanyar? Ja no m'estimes?". Una cosa és dir això a vegades i en conya, l'altra -i molt diferent- és fer-ho servir per manipular i aconseguir tot el que es vol.

4. EL NÒVIO FIESTERO. Una cosa és que li agradi anar de festa com a tothom, però l'altra és que perdi el cul per qualsevol festa fins al punt de cancel·lar aquell sopar romàntic que fa dies que prepareu! O saltar-se el dia del teu aniversari per sortir de festa! Que no hi ha més dies per sortir? Amb aquest tipus de nòvio les noies acabem pensant que som l'últim mono i que TOT és més important per ells que tu.

5. EL NÒVIO CONTROLADOR. Són aquells que viuen més pendents de la vida de la seva nòvia que no pas de la seva. Normalment són persones molt insegures que no confien en la seva parella. Es pensen que els posaran les banyes i tenen una actitud controladora obsessiva. Ells mateixos es construeixen les seves pròpies paranoies quan la nòvia surt amb les amigues o queda amb algú per fer un cafè.

COMENTARIS:

4rthyjuhgf
Anònima7644567
qe be s'esta soltera:) jojojo

(:(
Anònim:)
Dons la meva parella es controladora i manipuladora u.u

Ni jo!
MariaNavarro
Jo tampoc tinc nòvio! Pero us heu deixat un tipus: El que va al "gra", normalment utilitza frases típiques del nòvio manipulador, però només per a conseguir una cosa! Crec que sóc suficientment específica.

:S
Mmmmmmmmmmmmmar
Tinc nòvio..... tot i que n'estic una mica farta... Feu-vos una idea. És 2 i 5 :S

Tot el que has de saber sobre la gelosia

1. QUÈ SÓN ELS GELOS?

La definició ràpida de gelosia és: «Sentiment de temor que es té en sospitar que la persona estimada sent preferència per una altra persona».

Tot i que la gelosia, de forma controlada i en petites dosis, pot ajudar-nos a tenir una relació viva i sana amb la nostra parella, també es pot convertir en una autèntica obsessió i acabar-se carregant la relació.

Moltes vegades ens posem gelosos perquè la nostra ment imagina coses que podrien passar però que realment no han passat! Si alimentem aquesta imaginació ens acabarem creient que la nostra parella realment sent alguna cosa per una altra persona.

Evidentment, hi ha vegades que hi ha motius per posar-nos gelosos; com veure la nostra parella ballant amb algú altre, quan veiem que hi ha una persona amb qui té una química especial, quan li tiren la canya...

2. PER QUÈ ENS POSEM GELOSOS?

La gelosia és una actitud que demostra la falta de confiança en un mateix. Les persones, com més insegures som, més geloses som també. La inseguretat que produeix el fet de saber que ell o ella et pot deixar en qualsevol moment per algú, fa que es produeixin atacs de gelosia.

En certa manera i de forma controlada, **és necessari tenir petits atacs de gelosia que ens ajudin a apreciar i a valorar la nostra parella.** Està comprovat que les parelles que no tenen gens ni mica de gelosia, també duren menys.

3. ES POT CONTROLAR?

Sí que es pot intentar controlar la gelosia! Suposa una mica d'esforç però és possible! Evita els pensaments destructius que et fan desconfiar contínuament de la teva parella i intenta convertir-los en pensaments positius. Per exemple:

PENSAMENT DESTRUCTIU:
«Ha sortit de festa amb els seus amics que són uns "tiradors de canyes" i segur que s'està liant amb alguna tia...»

Oi que això t'ho estàs pensant i és una pura invenció de la ment? Doncs, quan et vingui al cap aquest pensament, converteix-lo en positiu.

PENSAMENT POSITIU:
«No tinc cap motiu per pensar que em posarà les banyes. És més, la nostra relació va superbé i ens estimem moltíssim. Que s'ho passi bé amb els amics i que disfruti!»

És important també que controlis els atacs de gelosia. Ell o ella es podria agobiar si comences a preguntar on va, amb qui, què farà, etc. És necessari que els dos tingueu el vostre propi espai. És sa per la relació! I no saber què està fent l'altre en cada moment no és sinònim que s'estigui xixant el primer que passa!

AQUESTES SÓN LES 10 FRASES QUE MÉS DIUEN ELS GELOSOS I LES GELOSES:

1. Qui és aquella persona que t'ha trucat?
2. Tant et costava trucar-me/enviar-me un whatsapp?
3. Per què t'escriu al mur?
4. Tots els homes/dones sou iguals.
5. Per què se sent tant de soroll de fons?
6. No sóc gens gelós/osa, és curiositat...
7. Digue'm la veritat, mira'm als ulls!
8. No canviïs de tema...
9. Demana-l'hi a la teva amigueta/amiguet!
10. Per què el/la mires més que a mi?

COM ES POT SUPERAR?

Una gelosia obsessiva i compulsiva, normalment, acaba amb la relació i amb tot el que se li posa davant. Per tant, és important saber controlar aquests impulsos per molt complicat que sembli. És per això que aquí us deixem 4 consells per ajudar-vos a no ser tan gelosos/es:

1. **QUAN ET SENTIS GELÓS/OSA NO ACTUÏS COM UN NEN PETIT** i explica a la teva parella el que sents i per què et sents així. El pitjor és comportar-te com si estiguessis endafat/ada i recelós/osa sense que la teva parella sàpiga què passa.

2. **CADASCÚ HA DE TENIR EL SEU ESPAI I EL SEU CERCLE SOCIAL.** Què vol dir això? Que la teva parella, igual que tu, és necessari que tingui els seus propis amics, els seus hobbies i la seva vida social. Això no vol dir que no pugueu coincidir ni fer res junts. Però és important no fer-ho TOT junts. Això ajuda a reforçar la confiança de l'un en l'altre. L'augment de confiança fa que els gelos apareguin amb menys intensitat.

3. **ANALITZA PER QUÈ ESTÀS GELÓS/OSA.** A vegades és inevitable sentir-nos gelosos. Però el que sí que podem fer és analitzar si el que estem pensant és exagerat o no. Si quan la teva parella surt de festa, en el teu cap comencen a crear-se imatges i pensaments negatius del rotllo «segur que s'està liant amb algú, em posa les banyes, està tontejant...», atura-ho tot i pensa fredament en la confiança que us teniu. Tu l'hi fas quan surts de festa? Oi que no? Doncs, relaxa't i disfruta.

4. **DEIXA DE CONTROLAR EL TEU NÒVIO O NÒVIA!** Les persones molt geloses viuen tot el dia angoixades per si la seva parella els és infidel i es descuiden de viure i disfrutar del seu dia a dia. No t'obsessionis controlant tot el que fa perquè acabaràs malament i començaràs a creure't les teves pròpies paranoies.

COMENTARIS:

@SmilesCatcher97
També estan els de:
–Qui és aquesta tal Maria? I PER QUÈ COMPRES LES SEVES GALETES?
–Gelosa, jo? PFFHAHAHAHAHAHA, per favor!... Qui és aquesta tal «Mama» i per què et truca cada hora?
–Qui collons és aquesta tal «vida» i per què dius que has d'aprofitar-la?

Experiencia...
adolescent15,
Hola, adolescents!, mireu, jo fa un temps en vaig tindre. Tenia nòvio i me l'estimava moltíssim, igual que ell a mi o al menos era això el que em pensava... Doncs això, ja portàvem 8 mesos i feia un temps que hi havia una altra noia que li tirava la canya i tal i ell li feia cas, llavors jo vaig tindre gelos, evidentment, i l'hi vaig comentar al meu nòvio, ell ho va entendre i ja no els vaig veure més parlant... Tot i així em van arribar rumors de que «eren algo», jo no vaig fer cas, només confiava en ell, però al cap d'un temps els companys del nostre curs van fer una petita festa a casa d'una companya perquè celebràvem el començament de l'estiu. Tot i així, el meu nòvio va marxar un moment perquè segons ell havia d'anar a parlar amb un amic seu, i jo me'n vaig anar a parlar amb la meva colla, tot i que la noia que li fotia canya al meu nòvio també estava en aquella festa però no la vaig veure. Clar, això és el que em va fer dubtar i l'hi vaig dir a la meva amiga i vàrem anar a la seva habitació perquè li volia explicar el que en pensava i allò que vam passar al davant de la porta del lavabo i els vam veure liant-se...Per això, dic, que tindre gelos una part és bona, perquè això vol dir que te l'estimes molt al teu noi i també perquè no vols que s'interposi una persona al mig i la part dolenta és que ho passes malament i et sents desconfiat segons quines vegades, i des de llavors ja no n'he tornat a tindre més, estic molt millor sola, per ara, potser d'aquí més endavant sí que estaré més preparada :)

7 coses que fas i saps que no hauries de fer

Aquestes són les coses que fas sovint tot i que saps que no les hauries de fer si vols conservar la teva parella

1) **MIRAR-LI EL MÒBIL:** Les últimes trucades o els whatsapps que ha rebut. Tots ens morim de ganes de fer-ho. Però si de debò confies en la teva parella, NO HO FACIS. El que hi ha a dintre del seu mòbil forma part de la seva privacitat.

2) **MAIL I FACEBOOK:** El mateix passa amb el seu mail i Facebook. No vulguis saber qui és tothom que li escriu perquè l'únic que aconseguiràs és fer-te mal a tu mateix. Saber la contrasenya del seu mail o Facebook no t'ajudarà.

3) **TENIR GELOS:** Com ja hem explicat a l'apartat que li hem dedicat als gelos, tenir un atac de gelosia et pot costar la parella... Intenta-ho evitar (sabem que costa!).

4) **RECLAMAR-LI QUE PASSI MÉS TEMPS AMB TU:** Si realment creus que ha de passar més temps amb tu parla amb ell/ella, però no l'hi retreguis quan estigueu enfadats perquè aleshores serà pitjor.

5) **PARLAR D'EXS:** És molt freqüent però fot molt. A ningú li agrada que es recordin d'altres persones estant amb ell/ella.

6) **VOLER CÓRRER MÉS DEL COMPTE:** Tot té el seu temps i si feu les coses pas a pas les gaudireu més.

7) **DOMINAR L'ALTRA PERSONA I AIXÍ SEMPRE SORTIR-TE AMB LA TEVA:** No manis ni et deixis manar. Parleu les coses abans de fer-les i no us forceu a fer res que no vulgueu fer. No us farà cap bé pensar que ho feu per l'altre!!

COMENTARIS:

Ksañlk
Cooooi
Molt típic això de mirar el mòbil i el Facebook… però realment si tens el seu mòbil al costat no ho pots evitar.

Neeeni
Jo un dia vaig esborrar un sms que el meu nòvio va rebre d'una tia i ens va costar la relació. Resulta que era de la seva cosina del poble que venia a passar el finde a casa seva i que per culpa meva la seva mare no es va enterar…

Nau
Jo tenia una nòvia que em feia fer sempre el que ella volia… Si alguna vegada decidia jo, em manipulava i sempre em feia creure que lo seu era millor. Jo com que estava més penjat que un fuet acceptava… Fins que me'n vaig adonar que allò no era una relació sana.

Relacions de parella: bones o perjudicials?

Què és una bona relació de parella?

- **Dues persones s'estimen,** es respecten i es diverteixen quan estan juntes.
- **Acceptar-se** amb les seves virtuts i defectes.
- **Tractar-se amb afecte.**
- **Saber escoltar, explicar els problemes, les inquietuds, els desitjos,** etc.
- **Compartir els bons i els mals moments** tenint l'altre com a suport destacable.
- **Respectar l'espai familiar de l'altre, les seves aficions, amistats** i permetre que dediqui temps a cada una d'aquestes coses.
- **Poder-se expressar amb total llibertat** sense temor que l'altre s'enfadi.
- En una relació de parella **ningú imposa la seva voluntat.**
- És **saber reconèixer els errors.**
- És **saber cedir quan toca.**

Quan la relació sentimental es pot convertir en un malson:

Si la teva parella no t'escolta, imposa la seva llei, no et respecta, ordena quin ha de ser el teu comportament, et controla constantment, indica de quina manera t'has de vestir, et maltracta físicament o psicològicament, no t'escolta o et fa sentir malament... **Allunya-te'n i liquida la relació!**

COMENTARIS:

Totalment d'acord!
Judit,
Totalment d'acord amb tot això; sobretot, una parella s'ha de respectar, coses sèries que la gent no valora per res. :/

!!!
qu..(noia),
Ningú t'ha de dir qui ets i què fas!

Noia, si el teu nòvio fa alguna d'aquestes coses, és que no t'estima

Pot ser que la relació arribi a un punt que ja no sigui com abans i que hagi canviat alguna cosa. Arribat aquest punt el més segur és que penseu: «Ha canviat de veritat o són paranoies meves?». Per ajudar-vos una mica, aquí teniu algunes coses que fan ELLS quan no creuen en la relació o no estan bé amb la persona amb qui estan sortint.

- NO S'INTERESSA PELS TEUS PROBLEMES NI PROJECTES: Segurament alguna cosa va malament si veus que ELL cada cop s'interessa menys pels teus problemes i no es preocupa pels teus estudis o la teva feina.

- NO PARLA MAI DEL FUTUR: Parlar del futur és símptoma que ELL és feliç al teu costat i té ganes de fer coses amb tu. És per això que quan MAI en parla és que alguna cosa no xuta bé. O se n'ha cansat o s'ha desil·lusionat...

- CAP DETALL: És veritat que ELLS no són de gaires detalls i moltes vegades no recorden el dia exacte que us vau conèixer i aquestes coses... Però, si està enamorat de tu i realment t'estima, de tant en tant et farà algun detall. És per això que, quan fa molt temps que no té CAP detall amb tu... malament.

- TÉ ALTRES PRIORITATS: Abans tenia temps pels estudis, els seus amics i també per tu. Ara sembla que només tingui temps pels estudis i els amics. Com pot ser si el dia segueix tenint 24 hores i les setmanes 7 dies? Tampoc pinta bé això... :(

COMENTARIS:

:DD

Anònimsre,

Ja sabeu noies... No sortiu amb imbècils i no us passarà! ;D

Sii,si!

xbuiegcdbwcwehola:),

Això és ben veritat, si et passa això no pinta gaire bé la cosa, jo aconsello tallar amb ell JA, perquè si no encara et farà més mal:(Petons, Adolescents!

soc noi

....llll...

Hola, sóc noi i és veritat, moltes vegades ens fa por dir la veritat, per això fem aquest tipus de coses.

Consells per solucionar els problemes de parella sense discutir

Qui ha dit que tenir una relació de parella és fàcil i que no hi ha obstacles? Sabem que les discussions poden ser habituals i, de fet, també serveixen per millorar la relació. Però no sempre cal acabar amb una discussió per solucionar els problemes. Aquí us deixem alguns consells.

1 **AUTOCONTROL.** Quan vivim un problema o una situació tensa és fàcil que explotem de cop i comencem a dir coses que potser no pensem realment o que poden ferir l'altra persona. Quan vegis que estàs a punt de saltar, para't a pensar i respira un parell de vegades profundament. Aquest temps et servirà per rumiar si realment allò que estàs a punt de dir és necessari per arreglar el problema.

2 **SUAVITZA ELS TEUS GESTOS.** El llenguatge no verbal és complicat controlar-lo, però és molt important que no et deixis portar per la discussió i que intentis suavitzar els gestos de les mans, el cap o la cara. Intenta mostrar-te relaxat/da i evitaràs que l'altra persona s'esveri.

3 **ELS PROBLEMES NO SEMPRE SE SOLUCIONEN A LA PRIMERA.** Així que a vegades potser no n'hi ha prou amb una primera conversa i cal deixar passar unes hores o dies per tornar-ne a parlar i veure-ho una mica diferent. Amb el pas de les hores les perspectives de l'un i de l'altre poden canviar i apropar posicions.

4 **PARLA I DEIXA PARLAR.** Quan ens enfadem normalment parlem molt i no deixem que l'altre parli. Fes un esforç per deixar parlar i escolta atentament els seus arguments. Més d'una vegada veuràs que potser té part de raó i podràs entendre millor la postura de l'altre.

5 NO T'AMARGUIS EL DIA. Tot i que hi ha problemes i problemes, a la majoria els donem més importància de la que tenen. Així que no deixis que t'amarguin i aprofita la resta del dia. No serveix de res obsessionar-se i deixar de banda tot el que t'envolta.

COMENTARIS:

:D
........:),
Jo ahir vaig tenir un problema amb ell, avui ja m'ha demanat perdó i ja tot torna a ser com abans, però jo m'estresso moltíssim quan ens enfadem i em poso borde i no m'autocontrolo.

A vegades tot se'nva a la merda...
(L)
Però hi han vegades que no saps com reaccionar, a vegades tot és massa difícil i prenguis les decisions que prenguis tot se'n va a la merda...

@

jo també tinc problemes ¬¬'
lLeffy.
Gràcies pels consells, però a vegades és difícil complir-los, sobretot lo de l'autocontrol i lo de no amargar-se els dies... Però de totes maneres es poden controlar una mica les discussions si els dos hi posen de la seva part.

5 consells per no cansar ni avorrir la teva parella

Alguns dels motius principals que fan que una relació s'acabi són la monotonia, la falta d'il·lusió i la rutina... Per evitar-ho, pren aquests 5 consells com a exemple i intenta evitar-los amb el teu nòvio, nòvia, persona que et mola, de qui t'has penjat bojament i tens por que tot s'acabi...

- **NO ENVAEIXIS EL SEU ESPAI NI TEMPS:** Està bé que vulguis passar les 24 hores del dia amb ell, però la vida continua i si li ve de gust veure un partit de futbol amb els seus amics en comptes de mirar una pel·li romàntica amb tu, deixa que ho faci! No el segrestis tot per tu, dóna-li llibertat.

- **NO SIGUIS GELOSA:** Preguntar-li a totes hores amb qui està, revisar-li el Facebook, el Whatsapp, renyar-lo perquè ha posat «m'agrada» a la foto d'una amiga... no us aportarà res de bo. Has de demostrar-li que li tens suficient confiança com per mantenir una relació.

- **NO TE L'EMPORTIS DE SHOPPING:** Per molta il·lusió que et faci combinar dues de les coses que més t'agraden en aquest món, les compres i el nòvio, fes-ho per separat. Ells acostumen a estressar-se entre tanta faldilla i sabata de taló. Voldrà marxar ràpid i potser acabareu picant-vos...

- **NO EL FACIS ESPERAR:** Estan bé els 5 minutets de cortesia, i arreglar-ho amb el típic «Tot el que és bo es fa esperar»..., però abans de quedar calcula bé el temps que necessites per arreglar-te, que segur que no és poc. A més, sigues decidida i no li enviïs fotos per Whatsapp de vint-i-cinc modelitos perquè trii el que li agrada més... Sorprèn-lo.

NO LI PREGUNTIS QUÈ LI PASSA: Tots tenim els nostres moments de desconnexió, en què desapareixem mentalment del món... No l'atabalis suplicant-li que t'expliqui en què està pensant, ni li demanis mil explicacions pels 10 minuts que ha tardat a respondre't al xat...

COMENTARIS:

holaaa!
Anònimaa
Si de veritat t'estima la teva parella, res d'això no farà falta!! ;)

no avorriment!
yuuhuuu
Jo crec que la solució és sorprendre el nòvio/a amb algo que no s'esperi, portar-lo/a a un lloc bonic, fer coses diferents, perquè si no s'acaba perdent la gràcia, i crec k està b no veure-us potser en dos dies perquè d'aquesta manera quan us torneu a veure en tens més ganes :D

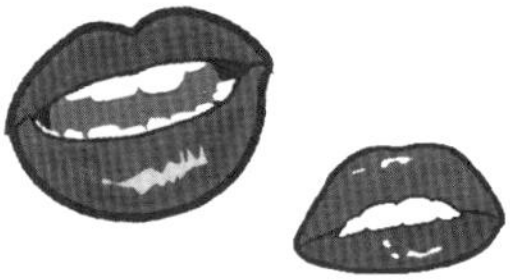

TESTS DE PARELLA

a la pàgina 245

DESAMOR:

Quan les coses comencen a anar malament...

- 5 símptomes que mostren que un noi no vol res amb tu
- Els 5 sentiments que patim quan l'amor no és correspost
- Les discussions de parella més habituals
- 5 excuses habituals que un noi utilitzarà per evadir una cita amb tu
- 5 símptomes que indiquen que una relació no funciona

RUPTURA:

Quan no hi ha més remei que deixar-ho...

- Com puc oblidar algú? Com puc vèncer el «mal d'amor»?
- Les 5 excuses més utilitzades a l'hora de trencar una relació
- 5 coses que sovint fas quan et deixa la parella
- 5 consells per superar una infidelitat
- Em recuperaré mai de la nostra ruptura?

DESAMOR i RUPTURA

«Hem de parlar»,«T'estimo, però com a amic»,«Ja no puc més»,«T'he de dir una cosa»... Quan et diuen això el teu cor batega a mil per hora, sents aquella sensació tan desagradable que et deixa tan xoooof i un buit al pit et fa perdre la gana, el son i et deixa gèlid i sense paraules. Penses que el món et cau a sobre, que no te'n podràs sortir i que ets la persona més desgraciada del planeta. I no és així.

De tot se n'aprèn... fins i tot dels desamors i de les ruptures. Tot i que pensis que no hi ha ni una maleïda llum al final del camí cal, més que mai, que t'aixequis amb força, que miris endavant i amb un somriure tatuat a la cara et posis a caminar pel camí de la vida. Ja sabem que no tot són flors i violes, per això dediquem aquest capítol del manual d'***Adolescents.cat*** a tots i totes els que alguna vegada us han trencat el cor, us l'han trepitjat i matxacat i tot i així us heu tornat a aixecar. En aquest capítol et donem totes les claus que necessites per tal de superar el mal d'amors, per saber si ets correspost o no i també per evitar una cita amb un/a noi/a que no t'agrada però que no vols fer-li mal.

5 símptomes que mostren que un noi no vol res amb tu

Un dels estats sentimentals més freqüents entre els adolescents és: «De rotllo». Moltes vegades és el noi qui no es veu amb cor de mantenir una relació de parella, i això significa que alguns factors el tiren enrere. Aquí tens 5 símptomes que acostuma a mostrar un noi que no està convençut de ser la teva mitja taronja...

1. SI EVITA PARLAR DE «QUÈ SOU»: Els termes nòvio, amor, parella, carinyo, relació... acostumen a espantar bastant un noi que simplement té la intenció de passar-s'ho bé amb tu i poca cosa més. SI NO PRONUNCIA MAI AQUESTES PARAULES i no li fa gaire gràcia que ho facis tu, comença a desconfiar...

2. SI NO DÓNA MOSTRES DE CARINYO EN PÚBLIC: Mostrar als altres els vostres sentiments és un pas de gegant! Ara bé, anem malament si, a la mínima que us veu algú, NO S'ATREVEIX NI A DONAR-TE LA MÀ...

3. SI NO T'HA PRESENTAT ELS SEUS AMICS/FAMÍLIA: Conèixer els sogres ja és una cosa seriosa! Un molt bon símptoma. El problema és si fa mesos que sortiu però ENCARA NO TE N'HA PARLAT ni sembla tenir intenció de fer-ho...

4. SI ET CONTESTA ELS MISSATGES TARD: Tot i que de vegades pot ser una tàctica intel·ligent per fer-te patir i que te'n pengis més, quan et respon cada whatsapp al cap de tres hores, realment NO SEMBLA QUE HI TINGUI GAIRE INTERÈS.

5 SI NO VOL QUE US FEU FOTOS: Una foto d'aire carinyós al Facebook pot aixecar molts rumors i fins i tot donar per confirmada una relació. Si insisteixes a penjar-ne una abraçadets i NO HI HA MANERA, mal assumpte!

COMENTARIS:

(:
Aaaaaaaabril
Pura veritat...

slkñhfñsll
Anònimaaaa, 09/05/2012 a les 19.52
Molta raó, l'amor és una autèntica malaltia i tothom el té dins seu ;)

fgvdasc
Anònimfgdsa
Moltíssima raó! L'altre dia em va passar, vaig estar durant 2 dies amb un noi, em pensava que m'estimava i els 2 primers símptomes són perfectes x descriure la situació... Sabia que em deixaria però... tan ràpid? Però estic molt bé!

..
Anònim.....
No sempre són els nois qui presenten aquests símptomes, jo tenia un nòvio i sí, me l'estimava, però era jo qui davant de la gent no li donava mostres d'amor ni li vaig dir als meus pares, a diferència d'ell. Evidentment ho vam deixar. Així que les noies també ho fem...

Desamon

Els 5 sentiments que patim quan l'amor no és correspost

Quan estimes una persona i ell o ella no sent el mateix és molt normal tenir un d'aquests sentiments. O, si ens ho mirem des de l'altre cantó, quan rebutgem l'amor d'una persona, sovint no ens adonem que fem tant de mal. Això és el que sent la persona a qui li has trencat el cor:

- **TRISTESA:**
  Et sents molt i molt trist perquè saps que no podràs tenir l'altra persona al teu costat.

- **FRUSTRACIÓ:**
  No entens per què no t'ha escollit a tu... Tot i que has lluitat per aconseguir el que vols no ho has aconseguit.

- **RÀBIA:**
  Per què? Per què? Per què em passa això a mi? Aquesta és una de les preguntes més habituals que ens fem.

- **DOLOR:**
  No pots parar de plorar... et sents enfonsat i penses que res no té sentit si no estàs al seu costat.

- **CONSOL:**
  Passada aquesta primera fase, cal que miris el cantó positiu de la vida, tots els amics i amigues que t'estimen, els pares i familiars. Saps que tens persones al teu costat que mai et fallaran.

COMENTARIS:

és veritatt
holaaaaaaa!!!
Sí, teniu raó... això ha passat a tothom... És trist estimar algú i que aquest algú no et faci cas... Petonss adolescentts!

Oléè!
Blahblah
És veritat tot això però he après una gran lliçó i és que si no és aquella persona, en serà una altra i segur que et farà molt més feliç! Petons!

O___o
Emma!43
Quanta raó!! Que cracs, Adolescents! És exactament el que em passa a mi... U.U

xfhxf
afra
Ànims a tots els que us trobeu en aquesta situació; no us ratlleu, si no us sap valorar no deu valer tant aquella persona... Petons!

Desamon

Les discussions de parella més habituals

Gairebé totes les parelles sentimentals, per molt que s'estimin, tenen algunes discussions. I, casualment, sempre hi ha cinc temes o motius que predominen a l'hora de discutir-se. T'hi sents identificat/ada?

- 1- GELOSIA. Està comprovat que un 69% de les noies són geloses i un 74% dels nois també. Així que ells ho són més que elles! Precisament la gelosia és el principal motiu de discussió entre les parelles.

- 2- SORTIR AMB ELS AMICS O LES AMIGUES. Tot i que no hauria de ser així, hi ha moltes vegades que el fet de sortir un de festa amb els amics i l'altre no, comporta males cares o petites discussions, ja que el que surt està eufòric i l'altre, ratllat perquè no té pla. Solució? Sortir els dos encara que sigui per separat!

- 3- ELS EXS. Parlar massa dels exs és motiu de discussió. Es pot arribar a sentir la frase: «Si tant t'agradava el teu ex i tan guai era, per què no hi tornes?».

- 4- EL FUTBOL. Quan ells ho deixen tot per veure un partit, elles pillen les ratllades de la vida: «Sembla que el futbol sigui el més important del món! I a mi que em fotin, no?».

- 5- EL FACEBOOK. Un simple «m'agrada» en una foto o comentari que no toca pot provocar una discussió de dimensions desconegudes. A les xarxes socials tot se sap!

COMENTARIS:

:)
Anònim11
Totalment veritat, però si t'estimes la parella de veritat en passes, dels petits detalls :)

cert
C_M
Gairebé totes aquestes causes són certes... La veritat és que el facebook o el whatsupp han fet molt de mal en algunes relacions, que es basen ara en els missatges o les fotos i no pas en els sentiments...

SDXFGHJ
Anònimaasdfghjkl
Molt certes totes, per mala sort.
Per una parida enviem relacions a la merda.

hionio
Anònimjio
H ha gent que és massa gelosa, crec que per un MG o per sortir no hauria de passar res!

Desamor

5 excuses habituals que un noi utilitzarà per evadir una cita amb tu

Estàs molt nerviosa i impacient per quedar amb un noi que t'agrada. Fa dies que esperes el moment de la cita i un parell d'hores abans de la trobada t'envia un whatsapp per anul·lar o retardar la convocatòria. Potser l'imprevist és real, però a vegades és una excusa per no quedar amb tu. Podria ser una d'aquestes:

1. **Li ha sorgit un compromís d'última hora relacionat amb un tema familiar.** Normalment és una àvia que està malalta.

2. **Ha de cuidar el seu nebodet o cosinet petit.** En realitat, és possible que hagi de fer de cangur de la seva PlayStation, juntament amb algun col·lega més.

3. **Simplement no et dóna una explicació, no concreta.** Et diu que li ha sorgit un imprevist d'última hora i que ja et dirà un altre dia per quedar.

4. **Era l'aniversari d'algun amic important o membre de la família proper** i no hi havia pensat fins poques hores abans de la seva cita amb tu. Té un àpat de celebració.

5. **Està molt estressat i necessita estar sol per desconnectar i meditar.** El camí fàcil i ràpid per dir-te que no li ve de gust quedar amb tu, però el més cruel. Ratllada instantània a la vista.

«Aix, aquests nois... Qui els entengui que els compri!».

COMENTARIS:

ee
SS
L'aniversari d'una cosina està bé... hahaha, a mi me la va utilitzar però com que vivia per allà al costat d'on jo vivia vaig comprovar que era veritat, però quan es va acabar l'aniversari em va trucar i va venir, oiix quin amoor.

Excuses
Anònimakdjernjfnth
També utilitzen la d'estar malalts o tenir que anar al metge.
A veure quan maduren i deixen les coses clares.

...
Guille A Sekas, (@GuilleASekas)
Algú madur et dirà les coses tal qual les pensa des del respecte procurant no fer mal a l'altre...
Una abraçada!

Desamon

5 símptomes que indiquen que una relació no funciona

Si estàs en una relació i tens dubtes de si funciona o no, aquí tens alguns símptomes que et poden donar algunes pistes de com acabarà tot plegat. Ara bé, no sigueu pessimistes, sempre es pot reconduir i fer que tot torni a ser com abans! És qüestió de ganes i amor!

1. COMENCES A ENVEJAR ALTRES PARELLES perquè veus que estan millor que tu. T'agradaria que la teva relació fos com la seva.

2. ET PLANTEGES QUÈ HAGUÉS PASSAT si no haguessis tallat amb la teva exparella i dubtes de si vas fer bé o no de deixar la relació.

3. DUBTES DE SI ELL O ELLA ÉS LA PERSONA ADEQUADA: «Segur que és la persona amb qui vull estar, la que més em convé, la que més feliç em fa?».

4. APAREIXEN SIGNES EVIDENTS D'INSATISFACCIÓ: poques ganes de fer coses, avorriment, depressió...

5. ET SENTS INCÒMODE QUAN VEUS ESCENES ROMÀNTIQUES A LES PEL·LÍCULES. T'agradaria viure-les amb ell o ella... Però ja no hi ha aquesta màgia.

COMENTARIS:

FEGRE
AnònimERSW
Depèn, eh? :') No sempre és així. Crec, jo!
Petonets, Adolescents :)

merciii
fvbuheficbwv
Tot i que no sempre és aixins, merciii.

pff..
Anònimaaaaaaa
Pffff, quanta raóó.

Com puc oblidar algú?
Com puc vèncer el «mal d'amor»?

Sovint, quan volem oblidar algú encara solem sentir alguna cosa per aquesta persona.

Una pregunta molt important que ens hem de fer quan ens plantegem oblidar algú és «em convé penjar-me d'aquesta persona? M'aporta coses positives o em fa patir?». Si veiem que la persona ens fa patir i que no ens convé, podem fer coses per ser més forts, per ser més valents.

De vegades, volem oblidar algú però continuem pensant hores i hores en aquella persona, recordem moments (normalment bons) i això ens martiritza, truquem a aquella persona, intentem veure-la igualment i li enviem missatges...

L'única manera d'oblidar algú, d'intentar no caure i recaure en allò que no ens convé, és evitar el contacte per poder reconstruir el dolor que hem viscut i guanyar forces. Per tant, algunes de les normes bàsiques serien:

No intentar veure la persona que volem oblidar.

No trucar-li al mòbil.

No enviar-li missatges, ni whatsapps.

No mirar i remirar el seu facebook, twitter o qualsevol altra xarxa social (això ens dificulta desenganxar-nos de qui no ens convé).

Es pot recordar aquella persona però també és important crear noves motivacions que ens ajudin a sentir-nos bé.

Sembla senzill... **però a l'hora de la veritat és força difícil** i es necessita molt de coratge.

Si esteu enganxats a algú que no us convé, us animo a intentar posar en pràctica aquests consells. Desitjo que us vagi molt bé!

Tots, algun cop a la vida —i segurament més d'un—, viurem algun desengany amorós. Veurem com la persona que estimem no sent el mateix que nosaltres i la perdem. Són moments molt durs en què ens haurem d'armar de valor i seguir endavant. Aquí us deixem 5 consells que esperem que us siguin útils:

1. ACCEPTAR-HO:

El primer pas és reconèixer que aquella persona ja no forma part de la teva vida. Cal acceptar que la relació s'ha acabat. Fa mal. Sí. Però és necessari per superar-ho.

2. COMPARTIR-HO:

Comparteix la teva tristesa i les teves pors amb persones de confiança: amics, amigues, família... Encara que no et puguin ajudar gaire, estaran al teu costat.

3. NO GUARDIS FOTOS:

No deixis a la vista objectes seus o fotos seves. Guarda-ho en una caixa i amaga-la en un lloc discret. Si mai tens ganes de recordar-ho, l'obres. Anar veient la seva cara o la seva roba cada dia no t'ajudarà gens.

4. AUTOESTIMA:

És el moment de fer créixer l'autoestima. Cuida't, vés al gimnàs, a la perruqueria, compra't roba, posa't pivon... Hi ha molta gent millor que ell o ella i que et poden fer molt feliç.

5. SURT: És un tòpic, però és important que facis activitat i surtis encara que no en tinguis ganes. És moment de conèixer gent i recuperar aquelles amistats que potser havies deixat una mica de banda.

COMENTARIS:

UN CLAVO SACA A OTRO CLAVO
GOMINOLA
L'única manera d'oblidar un mal d'amor és el temps. Costa i molt! I a sobre si aquella persona la tens que veure cada dia. Així q... paciència! I la manera + eficaç és tornar-se a enamorar! Però no al dia següent! Si és així, vol dir q no has estat del tot enamor@t. Apa, petons adolescents! :)

Olvidar
Nohha♥Ayoub
Olvidar es imposible pero tendréis que aprender a vivir sin él/ella♥

tu
yo
Bons consells, els intentaré aplicar (:

sdfgh
Anònim
No hi ha consells que serveixin per oblidar algú! Si te l'estimes és pràcticament impossible, sempre hi haurà algo que et recordi a ell/a, vulguis o no vulguis.

Les 5 excuses més utilitzades a l'hora de trencar una relació

Quan et deixen és molt trist, però trencar una relació tampoc és gens fàcil. No és agradable ferir l'altra persona i, per això, moltes vegades no diem tota la veritat i deixem anar excuses com aquestes:

- **AUTOINCULPAR-SE. «NO ETS TU, SÓC JO».** L'antiga tècnica de fer veure que es culpen a ells o elles mateixos/es perquè no t'ho prenguis tan malament ja no funciona, però alguns/es encara la segueixen utilitzant ja que els fa l'efecte que així la ruptura no dol tant, tot i que és totalment fals.

- **«ESTIC MOLT CENTRAT EN ELS ESTUDIS I AL BATXILLERAT M'EXIGEIXEN MOLT».** Anar d'intel·lectual per la vida està bé, mentre tinguis arguments creïbles per fer-ho. El que no hi ha qui s'ho empassi és que el fet d'haver d'estudiar t'hagi fet deixar d'estimar una persona, mentre et passes hores jugant a la consola o entrenant a futbol.

- **«NECESSITO MÉS TEMPS PER MI».** Indirecta total. Això significa que durant el temps que heu estat junts s'ha sentit atabalat, pressionat i ha estat més pendent de tu que d'ell o ella mateix/a, però no s'ha atrevit a dir-t'ho.

- **«ELS MEUS PARES NO EM DEIXEN TENIR PARELLA / A CASA NO ELS AGRADES».** En el cas que sigui una excusa certa, és una llàstima, ja que si fos per ell o ella la relació seguiria endavant, però per «voluntat dels superiors» això no serà possible. Ara bé, també pot ser utilitzat com a excusa barata per desfer-se de tu assignant-li les culpes a una tercera persona. Molt trist.

«CREC QUE HE CONFÓS SENTIMENTS! T'ESTIMO, PERÒ EN TERMES D'AMISTAT». Confondre l'amor amb l'amistat no és res nou. És probable que s'enceti una relació sentimental entre dues persones que s'estimen, peròque estan destinades a ser amigues i no són compatibles com a parella. És normal que, un cop te n'adones de l'error, no sàpigues com expressar el que sents sense fer-li mal...

COMENTARIS:

:)
LAIAAAAAA
Jo ho vaig fer sense empatollar-me, directament: VULL TALLAR AMB TU.

moltes moltes..
viscat
Hem de parlar... (txan txan tatxaaan) ja saps k després ve una mala notícia... Ens hem de deixar espai, vull provar-ho amb altra gent, som molt joves... bufff, n'hi ha miiil!

annaa
:'(
Jo vaig tenir que dir-li que me n'anava a viure a Barcelona i doncs que no ens veuríem, la típica excusa de la distància... Ojalá no ho hagués tingut que fer :'(el trobo molt a faltar. Malauradament no ens veiem des de fa 2 mesos i a saber quan ens tornarem a veure...

vv
asddf!
Necessito temps, no sé ben bé el que vull. I al cap d'un dia ja està amb una altra enrotllant-se. sdcgtrvfed;)!

5 coses que sovint fas quan et deixa la parella

Què és el que la gent acostuma a fer quan els deixa una parella? Si n'has tingut i ho has deixat, segur que et sents identificat amb aquestes reaccions tan típiques!

- **L'esborres del facebook:** Si hi has posat que tens una relació amb aquella persona l'esborres al moment i fins i tot esborres la publicació del teu mur conforme estàs solter/a. És força comú eliminar l'altra persona com a amistat per evitar temptacions de mirar-li el mur.

- **Amagues o llences les seves coses:** Pot ser que s'hagi deixat un jersei, unes arracades o uns calçotets a casa teva. Hi ha qui prefereix tornar-li les pertinences directament o bé que un amic comú les hi doni. També hi ha l'opció de llençar les seves coses (per la finestra, a les escombraries...).

- **Et convences que amb ell o ella no estaves bé:** Creus que hi haurà una altra persona amb qui et sentiràs millor. Només li veus els defectes i el mal que t'ha fet. Hi ha un extrem oposat a aquesta reacció que és obsessionar-se per aquesta persona i idealitzar els moments que heu passat junts.

- **Tens por de tenir una altra relació:** Tens por que et torni a passar el mateix i sovint generalitzes i poses tothom al mateix sac. No confies en ningú, no dónes oportunitats a altres nois i et sembla que totes les relacions de la teva vida seran iguals, que el teu príncep blau no existeix.

Gaudeixes d'un temps estant solter/a: Si tens la sort que la ruptura no hagi afectat gaire el teu estat d'ànim, una bona manera de recuperar-te del tot és fer aquelles coses que no podies fer quan tenies parella, com sortir de festa, tirar la canya a tot déu i perrear al pòdium...

COMENTARIS:

ghikl
dhqwauidhwqoapdw
Sol passar, o almenys és el que potser faria si em deixessin, perquè no m'han deixat mai... :)

més o menys...
Jo, jo mateixa
Jo totes menys la 4, no tinc por mai de començar una nova relació! Sóc molt enamoradissa, hahaha, petoons adolescenntss!!

cert...
la cuqui
Tota la veritat... Quan deixes algú o sobretot quan et deixen el que primer has de fer és evitar pensar amb ell/a i, per tant, treure de la teva vida les coses que et recordin o et relacionin amb ell.

eqfre
adolescent15
Aquí l'han clavat, exactament el que vaig fer jo...

5 consells per superar una infidelitat

És molt dur saber que la teva parella t'ha enganyat. El més normal és sentir-se traït, enfadat i ansiós. Però a vegades el més complicat és superar-ho. Es pot? Aquests consells et poden ajudar, però també és cert que no sempre és possible.

✔ **1. Necessites temps.**
Saber que t'acaben de fotre les banyes provoca la majoria de vegades que entris en estat de xoc. Així que, abans de res, deixa que passin unes hores o fins i tot uns dies. S'ha de pair abans de prendre cap decisió.

✔ **2. Primer plora.**
Després analitza la situació. Plorar és sa. Serveix per alliberar tensions i ens ajuda a poder pensar una mica millor. Un cop hagis passat el dol analitza la situació. Què ha passat?

✔ **3. Busca el motiu.**
Normalment quan hi ha una infidelitat és que la relació té algun problema de fons. Intenta entendre per què la teva parella t'ha fet el salt. Què no funciona en la vostra relació?

✔ **4. Diverteix-te, surt amb els amics, respira!**
El buit que et deixa una infidelitat és important. A més, molta gent perd l'autoestima i li augmenta la sensació d'inseguretat. És normal. Així que és important que facis vida més enllà de la teva relació. Sortir amb els amics, riure i trencar la rutina t'ajudaran a recuperar-te.

5. Empassa't l'orgull.

És molt difícil, però és possible. Moltes infidelitats provoquen la ruptura de la parella, perquè l'orgull impedeix perdonar. Pensa que tothom es pot equivocar, i perdonar és de persones intel·ligents.

COMENTARIS:

sdgfsdgf
Anònimdfdfdssdf
6. El manes a prendre pel cul ;) amb la seva estimada.

wixi
!!!!!!:):)
Perdonar una vegada, vale. Però tampoc deixar-te trepitjar.

a vegades
Maaaaaaaariona
Encara que sí que es pot perdonar, si t'ha posat les banyes, lo fet, fet està... I no s'ha de perdonar així com així, perquè llavors la parella pot fer-ho una altra vegada perquè pot pensar que tornaràs a perdonar-l@. Jo crec que si et són infidels, és molt difícil tornar a confiar, i sense confiança no es va en cap lloc.

Em recuperaré mai de la nostra ruptura?

Decepció, tristesa, cansament, ganes de plorar, rancor, ràbia... Aquests són els sentiments que podem tenir després d'una ruptura o després que ens hagin trencat el cor. El més habitual és sentir-se així quan la teva parella t'ha deixat. **Però es poden controlar totes aquestes emocions? Què podem fer per no patir?**

Segons la psicòloga **Margarita Terragona**, de la Universitat Iberoamericana, **superar una ruptura o el mal d'amor és una cosa que tots podem aconseguir.** Tot i així, és veritat que dependrà de cada persona i de la seva manera de ser el temps que triga a superar-ho.

Aquesta experta assegura que **una molt bona manera d'afrontar el problema és «verbalitzant-ho i escrivint-ho». Segons Terragona, escriure sobre els nostres sentiments ens pot ajudar a superar les emocions negatives.** Tot i que potser no en tenim ganes, és recomanable començar a escriure el que sentim cada dia. Aquesta pràctica ens ajuda a veure realment quina és la dimensió correcta del problema. A vegades, les persones tenim la tendència de fer els problemes més grans del que són.

El que pots fer és agafar una llibreta i apuntar cada dia com et sents i el que penses. No et preocupis si està ben o mal escrit. Trasllada-hi totes les idees que et passin pel cap. Potser algunes en forma de versos i d'altres amb les paraules que et vinguin al cap en aquell moment. Intenta fer-ho cada dia i veuràs que, al cap de 10 dies, les teves emocions comencen a canviar i notaràs una millora.

COMENTARIS:

sdvxz
Anònimsazvx
Costa oblidar-ho, però ho acabes aconseguint.

dsgh
dafhadj
O a vegades quan et deixen i continuen sent com sempre, tens l'esperança que algun dia tornareu junts. Aquesta sensació és penosa i horrible...

TT
Anònim fcelsd
Ho heu clavat, fa no res em va deixar i no ho puc superar-ho. A veure si aquests consells m'ajuden, però ho dubto molt, em fa massa mal.

...
afakfjaslfasñ
Costa molt de superar, sí... però amb el temps el teu cor s'acaba reconstruint :) A mi em van deixar el dilluns passat i porto uns dies passant-ho fatal...

TESTS DE DESAMOR
I RUPTURA

a la pàgina 256

- Com triem els amics?
- 5 consells per trobar el millor regal per un amic o amiga
- 5 maneres de fer somriure una noia
- 7 secrets que les ties mai ens explicaran
- 5 maneres de saber si ets l'aneguet lleig del grup
- És realment una bona amiga? 4 senyals per comprovar-ho
- Vols saber si és el teu millor amic o amiga? Ha de complir aquests requisits
- Les 7 coses que fas quan et quedes sol/a a casa
- Digues com et diverteixes amb els amics i et direm com ets
- 7 frases sobre els amics

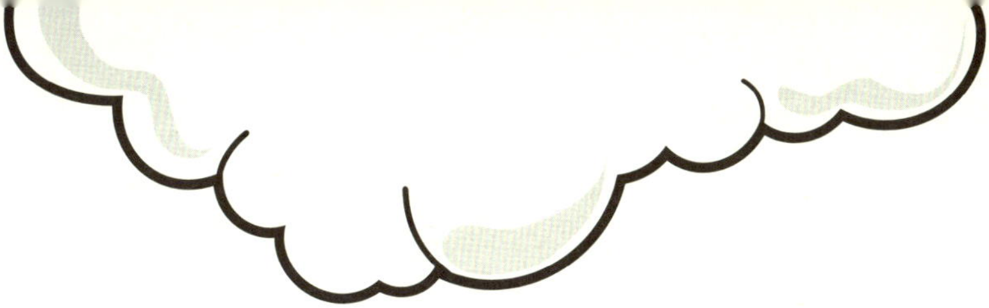

AMISTAT

Persones que estan SEMPRE al teu costat, quan més ho necessites i amb qui comparteixes de tot! Capaces de donar-ho tot per tu i amb qui vius les experiències més emocionants de la teva etapa de l'adolescència. No les canviaries per res! Diuen que els amics són per SEMPRE (no com els xurris), són les persones més importants de la teva vida, les que et fan costat, les que et diuen que un vestit et queda com el cul si realment t'hi queda o les que t'aconsellen en tot moment quan segurament tenen 30.000 coses més importants a fer que no estar allà eixugant les teves llàgrimes com si fossin un kleenex.

L'amistat és com les cordes d'una guitarra, encara que en toquis només una, vibren totes amb ella! Si una riu totes riuen, si una plora totes l'animen perquè l'altra sigui feliç. Però per rebre també cal donar, cal que donis el millor de tu mateix als altres, als que t'importen de debò. Tot i que de vegades els engeguem a la merda o no els valorem tant com els hauriem de valorar, els teus amics són un tresor. Per això et proposem que, si estàs llegint això i en les properes 24 h et creues amb algun dels teus amics més amics, li diguis per què és tan especial per a tu i què és el que t'agrada d'ell/a. Tot i que penseu que no vingui al cas, és una experiència molt enriquidora que farà contents a aquells que t'envolten! Si ets amic dels teus amics sempre et sentiràs ben acompanyat.

Com triem els amics?

Un equip de sociòlegs de la Universitat de Harvard ha utilitzat el Facebook per estudiar de quina manera triem els amics. QUÈ ÉS EL QUE FA QUE ENS FEM AMICS D'UNA PERSONA I NO D'UNA ALTRA?

La pregunta inicial que es va fer aquest equip d'investigadors va ser: «TRIEM AMICS QUE S'ASSEMBLEN A NOSALTRES O ACABEM ASSEMBLANT-NOS ALS NOSTRES AMICS DESPRÉS DE PASSAR MOLTA ESTONA AMB ELLS?».

A partir d'aquesta pregunta van començar a investigar el comportament i els hàbits de **200 joves a Facebook durant 4 anys**. Al final, han arribat a la conclusió que els criteris que seguim a l'hora de triar els amics són bàsicament dos: QUE TINGUIN UNS GUSTOS MUSICALS MOLT SEMBLANTS ALS NOSTRES I LES MATEIXES AFICIONS.

Alguns d'aquests investigadors defensaven la hipòtesi que adaptem els nostres gustos i les nostres aficions influenciats per les nostres amistats, però els resultats demostren que no és així. La majoria de les persones ens rodegem de gent que viu a prop nostre, que escolta gairebé la mateixa música i comparteix les nostres aficions.

I acabareu pensant: HAN FET FALTA 4 ANYS PER ARRIBAR A AQUESTA CONCLUSIÓ MÉS QUE EVIDENT? NOSALTRES TAMBÉ HO HEM PENSAT ;)

COMENTARIS:

;)
Anònim
Doncs a mi m'és igual els gustos que té una persona, el més important és el de dins

caarai!
Anònim
Caarai el que es pot arribar a saber per xarxes socials, després diuen que no serveixen per res:S

slkajdfopal
Anònim
Jo també tinc amics q no són semblants a mi! No crec q sigui sempre així! i a veure... 4 anys... són molt de temps!

..
Anònim
El meu millor amic juga a bàsquet i jo faig taekwondo, ell escolta rock i jo pop. I som com germans, no té res a veure.

5 consells per trobar el millor regal per un amic o amiga

Trobar el regal més apropiat per un amic no és missió senzilla. Sovint ens quedem tant en blanc, que arriba el dia en qüestió i encara no hem decidit què comprar-li! Però tot és un problema de base. Esperem que ens vingui la inspiració divina en comptes de seguir aquests cinc consells i trobar el detall que més il·lusió li pot fer al nostre amic o amiga:

1 **ALS NOIS NORMALMENT ELS APASSIONA L'ESPORT.** Si és el seu cas, apropa't a una botiga esportiva i dóna un cop d'ull a allò que no té però que li podria fer il·lusió. La nova equipació del seu equip preferit, uns cascos de música per anar a córrer, un banyador de marca per nedar...

2 **REGALA-LI ALGUNA COSA DE LA QUAL PUGUEU GAUDIR TOTS DOS.** Dues entrades al cinema, a un balneari, a un parc temàtic, a un concert... D'aquesta manera passareu el dia junts i serà una experiència diferent, fora de la rutina.

3 **DÓNA-LI ALGUNA COSA TEVA.** Una gorra que t'agrada molt, una polsera que no et treus mai, una xapa que té molt de valor per tu... Així li demostraràs que no et sap greu compartir amb ell allò que aprecies i que hi confies.

4 **BUSCA L'ORIGINALITAT.** No recorris al més típic, ja que segurament algú ja l'hi ha regalat. Marca la diferència entre un detallet per quedar bé i un regal currat amb sentiment.

5 NO COMPRIS, CREA. Per ell tindrà molt més valor que t'hagis passat dues hores fent un marc de fotos amb cartolines i papers de colors que un de botiga que et costi 20 euros. Agafa el material necessari i comença a fer manualitats! Et poden sortir coses molt divertides.

COMENTARIS:

hola
carinagasia
Perfecte!♥

ola gent
mimi99
Jo un dels millors regals k he fet mai és una foto k tinc amb el meu millor amic k la vaig portar a una papereria perk em fes un puzle i un parxís.

ufhjha
Anònimafruehaa
Si de veritat coneixes a una persona, sabràs què regalar-li...

5 maneres de fer somriure una noia

No hi ha res més bonic que un somriure sincer. Nois, penseu que a elles els encanta que les facin riure i que els provoquin un somriure als llavis! Aquí teniu algunes idees:

Envia-li un missatge de bona nit quan ella ja dormi.
Al despertar-se veurà que l'hi vas enviar i somriurà. Despertar-se amb un somriure no té preu.

Quan menys s'ho esperi, **digue-li que està guapa.**

Posa en el teu perfil una foto on apareguis amb ella.
S'ho prendrà com un detallàs per part teva i quedaràs com un rei!

Si té fred, ofereix-li la teva jaqueta
o posa-li la teva bufanda... Típic però maquíssim!

Sense cap motiu **regala-li una bossa de xuxes.**

LOVE

COMENTARIS:

mm
Anònim
Tota la raó!

Tota la raó
Anònim
Ohhh que bonic!

cert
Anònim
I és veritat... haha :)

(::
Anònim
Crec que tot això està molt bé per fer somriure a les noies, però depèn de qui procedeixin aquests «actes» ens faran somriure o no.

7 secrets que les ties mai ens explicaran

Les noies, per molt que elles ho neguin, són tot un misteri. Hi ha certes coses a la vida que només elles poden entendre, i que mai estaran a l'abast de la consciència d'una persona del sexe oposat. Si ets noia, estaràs d'acord amb aquestes set situacions. Si ets noi, seguiràs donant-hi voltes sense obtenir-ne una resposta!

- **1. QUÈ FAN LES NOIES QUAN VAN EN PARELLA AL WC?** I anar en parella és un dir, perquè no hi ha sopar d'amics on una noia s'aixeca per anar al lavabo i quatre o cinc no diuen que l'acompanyen. Quina gràcia té vigilar algú com fa pipí?
- **2. LES DONES... ES TIREN MAI PETS?** Mentre que els nois són capaços de competir entre ells per comprovar qui aconsegueix tirar-se el pet més sorollós, mai cap cul de noia ha deixat anar la més mínima flaire en públic.
- **3. EXPLIQUEN ELS POLVOS A LES SEVES AMIGUES?** No hi ha reunió d'amics (mascles) on no sorgeixi el tema sexe, un dels més concorreguts a les seves ments. Però quan un grup d'amigues es reuneixen, també s'expliquen les seves aventures?
- **4. QUÈ VOL DIR SI UNA TIA MIRA LA SEVA AMIGA I ES POSA A RIURE?** La comunicació no verbal ja és massa. Diuen que parlant la gent s'entén, però la capacitat de percepció de l'home no és capaç de captar això que fan les noies d'entendre's amb mirades i somriures.
- **5. SI EM DIU QUE NO CAL QUE HI VAGI SIGNIFICA EL CONTRARI?** Les noies solen treure molt partit de la ironia. No acostumen a dir el que pensen o senten realment,

i ho comuniquen amb les els seus propis senyals, massa difícils d'entendre pels nois.

- **6. SI NO M'AGAFA EL TELÈFON VOL DIR QUE ESTÀ ENFADADA?** Quan els nois intenten captar aquests senyals propis de les noies, qualsevol cosa els fa mala espina. Com per exemple el fet que no contesti les seves trucades telefòniques. A què carai es deu?

- **7. PER QUÈ LES NOIES SÓN TAN COMPLICADES?** En fi, la pregunta final ha de ser aquesta per força. Recollint una mica cada punt que hem citat i milers que ens hem deixat, la gran pregunta que en tota història de la humanitat no s'ha pogut resoldre vindria a ser aquesta.

COMENTARIS:

fotosfotos
gdsfnjfhjm
Les ties aneu al lavabo per fer-vos fotos, que no nos embauquen!!!!! hahahaha

La veritat (:
Anònimmmaaaasssdssaa!
Doncs mireu:
1. Anem en parella per parlar o ajudar-nos.
2. Clar que ens en tirem!
3. Depèn de la situació, però normalment sí.
4. O que el noi que li agrada la mira o alguna cosa per l'estil o que algú ha dit una cosa que des de fa temps tenien com una broma o semblants.
5. Depèn del to de veu amb que t'ho digui.
6. Segurament, encara que els dies que estem de bajón no tenim ganes de parlar amb ningú.
7. Som complicades pels tios perquè som del sexe oposat, com ells ho són per nosaltres :)
Petons, adolescents! :)♥

5 maneres de saber si ets l'aneguet lleig del grup

Tal com asseguraven els Polseres Vermelles, cada membre dins d'un grup d'amics, hi té un paper. El líder, el llest, l'imprescindible... i bé, de vegades també hi hem de deixar lloc per l'aneguet lleig, aquell que no acaba de tenir una aparença física del tot agradable i que se sent una mica marginat per la societat.

"

1. SEMPRE ET DEMANEN QUE TIRIS LA FOTO, mai et demanen que en siguis el protagonista

2. Curiosament sempre DEMANEN EL TELÈFON DE LES TEVES AMISTATS I MAI EL TEU.

3. A casa teva JA TENEN CLAR QUE TU SERÀS QUI ELS CUIDARÀS quan siguin grans.

4. A les FOTOS DEL TEU PERFIL SEMPRE HI HA IMATGES DE QUAN ERES PETIT, DIBUIXOS, una foto del teu ull, un pla contrapicat o una instantània amb gent més agraciada que tu.

5. Quan et descriuen SEMPRE DESTAQUEN DE TU LA TEVA SIMPATIA, INTEL·LIGÈNCIA i emprenedoria, però mai utilitzen adjectius en referència al teu físic.

COMENTARIS:

XD
frikis
Si a mi em passa, canvio de grup d'amics.

ui, doncs així...
Aryadnaa
Ui, doncs així...hahaha dec ser tope lletja pquè els 2,3,5... SEMPRE!

àneeec
hiuof
Definitivament no sóc l'aneguet lleig! Iuhuuuuu!

bfff
Anònimwoejwa
m...estic apunt d'entrar en depressió.

És realment una bona amiga? 4 senyals per comprovar-ho

L'adolescència és una etapa on el paper de les amigues és molt important. Però podem emportar-nos el desencís de la nostra vida al posar tota la nostra confiança en algú que considerem «la nostra amiga», però que en realitat els seus interessos van més enllà... Per aclarir i **descobrir si aquella amiga a qui li expliques tot sent per tu una amistat real i vertadera**, només cal que li apliquis aquests quatre punts, que poden semblar lògics, però que de vegades se'ns poden passar per alt i descobrir les seves males intencions en el moment més inesperat:

- 1- NO S'INTERESSA PER TU: L'amistat és un sentiment mutu. Està molt bé que escoltis els seus problemes i l'aconsellis, però pensa que **ella també ho ha de fer per tu quan ho necessitis**. Si veus que no és així, i que quan més falta et faria el seu suport ella no hi és, comença-t'ho a replantejar.

- 2- ET TÉ ENVEJA: És un sentiment destructiu en totes les relacions, i per això **mai podrà ser acceptat en una bona amistat**. Una bona amiga t'ha de felicitar per com arriba a ser de guapo el teu nòvio, i no pas dir-te que no n'hi ha per tant, mentre intenta prendre-te'l sense que ho sàpigues...

- 3- NO GUARDA ELS TEUS SECRETS: Confessar-li a algú els teus sentiments o pensaments és **tenir-li una confiança enorme**. Si la teva amiga s'aprofita d'això per cridar als quatre vents allò que li acabes d'explicar, tururut...

4- ET CRITICA A LES ESPATLLES: És normal que, quan tu no hi siguis, pugui comentar amb la resta allò que no li acaba d'agradar de tu, però no ho confonguem amb el fet de **deixar-te verda durant la teva absència** i després fer-te cara d'angelet.

COMENTARIS:

err
Arinx
Alguna de les meves amigues no són verdaderes :(

bgfudjcnsui
Anònimanfdgfdjinfju
Hi ha molta falsa, el secret és trobar aquelles amigues que de veritat estan allà per lo bo i lo dolent, llàstima que hi hagin poques...

wc
Anònimaa
El k es tracta, a més a més,és que no et faria tampoc res carregar-te les seves culpes, i a ella les teves. És apoiar-te en tot moment, aquestes són les amistats que perduren amb el pas dels anys.

Vols saber si és el teu millor amic o amiga? Ha de complir aquests requisits

Segur que moltes vegades us han preguntat, qui és el teu millor amic? I us heu quedat pensant... Quins requisits ha de complir una persona per convertir-se en millor amic o millor amiga? Aquí us en deixem uns quants...

- El teu millor amic/ga no té mai un no per tu.
- Ni el temps ni la distància podran vèncer la vostra unió indestructible.
- Sabrà escoltar-te quan més ho necessitis.
- Hi serà en els bons però, sobretot, en els mals moments.
- Et donarà suport en les teves decisions.
- Sempre voldrà el millor per tu.
- Sabrà demostrar-te que t'estima.
- Es pot enfadar amb tu, però de seguida sabrà perdonar-te.
- Es preocuparà per allò que sap que és important per tu.
- Voldrà omplir la teva vida d'il·lusió i somriures.
- Voldrà compartir amb tu les coses que són importants per ell o ella.
- Segurament recordarà el teu telèfon i la teva data de naixement.
- Quan et miri somriurà.
- Mira enrere, segur que plegats heu compartit els moments més importants.

COMENTARIS:

▪
Anònim::
És difícil trobar els veritables amics, pq de falsos n'hi ha mils!

▪
Anònim11
Un amic és un tresor!

kdhv
Anònimkjhds
No hi ha res millor que tenir algú que t'entengui i et comprengui. Per mi ella és com una germana!

en falta
mimi!
Amb un millor amic o amiga sense paraules pots parlar-hi i sabrà el que et passa i al revés, a un millor amic o amiga sabràs el que li passa sense paraules.

Les 7 coses que fas quan et quedes sol/a a casa

Vols saber quines són les coses més habituals que fan els adolescents quan es queden sols a casa?

1) **CONVIDAR ELS AMICS:** encara que t'ho hagin prohibit explícitament, tu convides els amics a casa teva. Això sí! T'esforces a recollir-ho tot per quan vinguin els teus pares i a fer veure que la festa mai ha existit!

2) **POSAR LA MÚSICA A TOPE:** És una reacció instantània. Els pares piren de casa i puges la música. Normalment això pot anar acompanyat d'anar en boles o amb barnús.

3) **ANAR EN BOLES:** Anar despullat per casa quan no hi són els pares és tot un gust. Quan et quedes sol/a pots fer tot allò que et vingui de gust sense donar explicacions a ningú... el fap-fap inclòs!

4) **ARRASAR AMB EL QUE HI HAGI A LA NEVERA:** No només a la nevera; si hi ha gelat al congelador, no sobreviu a l'estada solitària a casa.

5) **NUTELLA:** Agafar una cullera sopera o una galeta a mode de cullera i sucar-la en un pot de Nutella és una de les activitats que més fan tots els adolescents que es queden sols a casa. Sobretot les noies!

6) **PLAY/SINGSTAR:** Hi pots jugar amb les amigues i amics que has convidat, amb els germans o bé sols i amb la música a tope!

7) QUAN TORNEN ELS PARES FER VEURE QUE HAS ESTUDIAT MOLT I MOLT. Això sí... quan tornen els pares ho tens tot altra vegada al seu lloc i fas veure que res d'això ha passat.

COMENTARIS:

fap
Anònimajajajajaja
fap fap fap fap fap!!!!!! Això és un clàssic lo del faaaaaap!:$

:p
be happy!! :p
Menjar al sofà en lloc de la cuina!!!

Catalunya ll*ll
noooooooooia
HAHAHA HEU CLAVAT LO DE LA NUTELLA + XOCOLATA,HAHAHA.

Digues com et diverteixes amb els amics i et direm com ets

Perquè la forma com et diverteixes reflecteix la teva personalitat... Digues com et diverteixes i et direm com penses

Normalment amb els amics...

- **Sortim a passejar:** Ets una persona oberta, sociable, un punt inquieta. T'agrada veure i descobrir coses noves i no t'importa quin sigui el destí si vas amb els teus.

- **Anem al cine:** Ets obert, creatiu, pacient i somiador. T'has imaginat més d'una vegada que la teva vida és una pel·lícula. T'encanta escoltar i viure les històries dels altres com si fossin teves. No et cal xerrar gaire per passar-ho d'allò més bé!

- **Prenem alguna cosa:** Trobar-te amb els teus amics és molt important per tu... creus que sense ells no podries ser qui ets i te'ls estimes com si fossin de la teva família. Esperes compartir molts moments de la teva vida amb ells i per això et reserves una estoneta per passar-ho bé amb ells.

- **Anem a una discoteca:** Tens molta marxa i portes el ritme a dintre. Necessites treure les tensions acumulades i posar-te a ballar com un boig. Aprofites que surts amb els amics per posar-te pivon i sortir de cacera... La saps molt llarga!

- **Anem de concerts:** El vostre grup d'amics és molt sòlid. Us agrada la mateixa música i divertir-vos de la mateixa manera. Anar a un concert és tot un ritual per vosaltres. Aneu seguint l'agenda dels vostres grups preferits i aneu on calgui per veu-re'ls.

★ **Tenim un lloc fix (local, casa, esplai...):** Sabeu que si aneu a aquell lloc sempre hi trobareu algú. Formeu part d'una petita comunitat. Tot i que el treball en equip de vegades sigui complicat, us sentiu orgullosos de formar part d'aquest grup.

Segurament tots tindreu altres llocs on quedeu amb els amics. Tampoc els podem detallar tots! D'aquests 6 llocs que hem especificat, cal que escolliu el que us sentiu més identificats.

COMENTARIS:

wertvjasdfhds
Anònimiegbwjks,
A mi m'és ben igual el lloc, mentre estigui amb ells, crec que sempre tindré un somriure a la cara:)
PETOOOOOOOOOOOOOOONS, ADOLESCENTS*_*

ashvgbd
MariinaMalik*
Dooncs jo sóóc una barreja de toot:$,hahaha, depèèn el dia, anem a fer un volt, al cinema, a algun concert, a prendre alguna cosa, a una discoteca o a casa d'algun:$

laliesle
Lñalsa
A mi me l'heu clavat!

7 frases sobre els amics

Us volem fer un recull de frases que parlen de l'amistat dites tant per famosos com per anònims. Si estàs llegint aquest llibre ara mateix i vols compartir aquestes frases amb els teus millors amics només cal que els enganxis aquesta URL al seu mur de facebook: http://www.adolescents.cat/noticia/8085&passaact=1.

- Els amics de debò s'han d'enfadar de tant en tant.

  Louis Pasteur (microbiòleg francès)

- L'amic de debò és aquell que, tot i saber com ets, t'estima.

  Anònim

- El bon amic és el que et diu les coses desagradables a la cara. L'enemic és el que ho fa a l'esquena.

  Louis Charles Alfred de Musset (poeta francès)

- Els amics són aquells éssers tan estranys que ens pregunten com estem i s'esperen a escoltar la resposta.

  Ed Cunningham

- L'amic de debò és aquell que està al teu costat quan li agradaria estar en una altra banda.

  Len Wein

- Un amic mai et diu el que vols escoltar. Et diu la veritat i el que creu que és millor per tu.

  Anònim

- Els millors amics són com les estrelles: encara que no les miris ni les vegis sempre hi són.

  Anònim

COMENTARIS:

laauriins
laaaauris,
Tota la raó del món, són lo millor que es pot tenir:)

wt342
Anònime432
Molt bones frases, i tota la raó!! M'han arribat al cor, de veritat!
Un petó a tots els adolescents!

429429429429429
Anònim429
Ahir el meu millor amic es va enfadar amb mi perquè, mira, jo surto amb el seu germà i tàvem xerrant del seu germà i em va dir envia'm una conve d'ell i tu, i jo ok, voyy i clar després el meu millor amic es va enfadar... però els amics de veritat s'han d'enfadar algun cop... Sort que és tan bo i em va perdonar;))

asdfghjkl
Everdeen
Tota la raó! Per cert el número 2 «L'amic de debò és aquell que, tot i saber com ets, t'estima» és d'una frase de Kurt Cobain fet al seu estil, l'original és «Un amigo de verdad es aquel que lo sabe todo de ti y a pesar de ello te quiere», imaginació!
PETONS, ADOLESCENTS, passeu un bon dia:D

dbshjbcmf!
WTF*
Jo enn tinc unes altress!
·Un amic és aquell que quan tothom et falla ell segueix el teu costat.
·Un amic és aquella persona que sempre estarà amb tu perquè allò que els uneix és més fort que allò que els separa.
·Un amic verdader és aquell que et veu plorant i et pregunta:—A qui matem?
Un petóó!

TESTS D'AMISTAT

a la pàgina 262

- 7 coses que fan que els adolescents siguin feliços
- 5 consells per veure't millor físicament
- 7 consells per motivar-se quan les coses no van bé
- 5 consells per augmentar la teva autoestima
- Saps per què necessitem les abraçades?
- 7 consells per no perdre els nervis
- Per què sóc tan tímid/a? Puc canviar? Com ho faig?
- 7 consells per no ensopegar dues vegades amb la mateixa pedra
- 7 consells per quan et sents trist
- La clau per ser feliç és acceptar-te tal com ets

AUTOESTIMA

Sovint molts adolescents arrosseguen problemes d'autoestima i a vegades sense gaire fonament. En aquest capítol buscarem solucions per superar aquesta i altres dificultats relacionades. Per què hi ha cops que no som capaços de valorar-nos prou? Són molts els elements que poden afectar el sentiment subjectiu i cal que siguem capaços de dominar els mecanismes que ens permetin controlar l'autoestima perquè no sigui insuficient ni sobrepassada.

Si sabem com aprovar el concepte d'un mateix afrontarem el dia a dia amb més seguretat i solidesa, tindrem una vida social més estable i rendirem millor a l'escola, qui sap si ho tindrem més de cara per triomfar en l'amor! Aix...

- Hem d'aprendre a aïllar-nos dels comentaris que poden ferir-nos, a exigir-nos hàbits saludables com l'esport o el menjar sa, i buscar activitats que ens motivin. És cert que la capacitat d'autovalorar-nos es desenvolupa progressivament des de la infantesa i per tant no tot és cosa nostra, però sí que podem esforçar-nos per modificar algunes coses per tal de ser positius.

- Una autoestima regulada ens permetrà ser més feliços i al capdavall això és el que tots perseguim: la felicitat. I de què depèn la nostra alegria? Bàsicament de la satisfacció amb allò que tenim i fem a la vida. No parlem d'una qüestió estrictament material, aquí també hi entren els sentiments i el comfort fruit de les nostres accions diàries, que són les que ens acaben donant reconeixement i autoestima.

- Al llarg de les properes pàgines descobrirem com prendre el comandament de la nostra autoestima mitjançant consells o algun test. Aquest és un capítol essencial d'aquest manual de l'adolescent. Recordeu que l'única cosa que tenim segura i per tota la vida som nosaltres mateixos. Estimem-nos!

7 coses que fan que els adolescents siguin feliços

Aconseguir la felicitat és el principal objectiu de tot ésser humà. Tot i que no existeix cap secret ni cap fórmula màgica per crear-ne, sí que hi ha activitats que ens la poden proporcionar, com són algunes de les pràctiques que tens a continuació:

- 1. ESTAR AMB ELS AMICS: La socialització primària és molt important per a les persones i en aquest cas els nois/es no són una excepció.

- 2. TENIR BONA SALUT: La vida no es pot gaudir si no es té una bona salut. Tenir una vida sana és molt important per ser feliç.

- 3. TENIR PERSONES QUE T'ESTIMIN: Realment som feliços si estimem i som estimats de la mateixa manera. Tenir una persona sincera, carinyosa i amigable al teu costat és el secret.

- 4. SER SOLIDARI AMB ELS ALTRES: Intentar ajudar els companys (no cal que siguin amics) i fer el bé als altres et fa sentir millor persona.

- 5. TENIR PERSPECTIVES DE FUTUR: Saber què vols i lluitar per aconseguir-ho és molt important.

- 6. TENIR GANES DE FER COSES: Construir futur, viure el dia a dia, no ser un gandul! Trobar una motivació a la vida t'ajudarà a tirar endavant amb ganes.

- 7. LES PETITES COSES: Tingues en compte tots els detalls de la teva vida: el que els altres fan per tu, cada olor, cada sabor... D'aquesta manera viuràs més intensament la vida i seràs més feliç!

COMENTARIS:

:D
Anònimjde
Exacte. Res més a dir.

skjlfñ
Anònimaaaaaa
Clavada.

¬¬;)
Anònimos
hehehehe, vaja k complicats que són els adolescents per ser feliços ;)

_
Jordi Romero Sala
Pos jo no penso gens en el futur, només penso en el present i sóc feliç!

5 consells per veure't millor físicament

Sabem que moltes noies no us sentiu a gust amb el vostre cos. No és res estrany. Penseu que només un 3% de les dones de tot el món se senten a gust amb el seu cos. Però no patiu! Això es pot millorar i molt! Aquí teniu 5 consells que us ajudaran a millorar la imatge que teniu de vosaltres mateixes!

1. IDENTIFICA aquelles parts del teu físic amb què et sents més a gust.

2. PENSA LA MANERA de treure'n més partit. Per exemple, si t'agraden els teus ulls, pots buscar quin color d'ombra t'afavoreix i els ressalta encara més. Tindràs ulls de megapivona!

3. NO ET COMPARIS amb altres noies. Això només et provocarà més malestar. És difícil d'aconseguir, però amb una mica d'esforç deixaràs d'estar tot el dia pendent dels altres i et centraràs en tu.

4. QUAN TINGUIS PENSAMENTS NEGATIUS respecte al teu físic, rotllo «no m'agraden els meus peus, brff...». Passa pàgina i centra't en allò del teu cos que SÍ que t'agrada!

5. COMPROVAR CADA DOS PER TRES davant del mirall aquells aspectes del teu físic que menys t'agraden, no ajuda! T'acabaràs ratllant i t'obsessionaràs!

COMENTARIS:

gftg
Anònimgf
Yo soy una chica, y me quiero mucho a mí misma, y mis amigas y muchas otras que conozco no se sienten bien consigo mismaas! ¿Por qué?? Aaii, qué tonteríaa! Cada uno es como es y puntoo! No sé por qué os fijáis tanto en el físico, si es lo menos importantee!! De verdad, a mí me ponéis de los nervios cuando decís que si estáis gordas, que si esto, que si lo otro; si no lo tenéis porque no lo tenéis, si lo tenéis porque lo tenéis...uuuuuufffff!!! Maduraaar un pocoo!

:)
Anònimaaaa:)
Fa uns mesos tothom m'insultava perquè estava una mica grassoneta, però un dia em vaig cansar... i vaig dir: abans de que comenci el col·le seré un pivon! Quan els que m'insultaven em van veure es van quedar :O i tots venien darrere meu!
Demostreu-li al món que sou més forts que ells.
Un pppppppppppppppetó

Nsm
Sma
És molt fàcil dir-ho, però fer-ho...

LOVE
LOVE
LOVE

7 consells per motivar-se quan les coses no van bé

Si et sents trist i les coses no et van bé, sensació molt habitual en un adolescent, et deixem set consells per recuperar la fe en tu mateix i poder superar la situació!

1) Accepta les coses tal com són:
Ignorar un problema no és la solució. Sabem que és difícil fer-ho... Però accepta el teu problema per poder-lo solucionar.

2) Fes cada dia una cosa que et motivi:
Guarda't temps per a tu. Dedica una mica del teu temps de cada dia a fer alguna cosa que t'agradi.

3) Busca suport:
Si et fa cosa dir el que et passa als teus pares, parla amb un amic o company de com et sents. Si de debò és amic teu ho entendrà. No passis sol per un mal moment!

4) Descansa i reflexiona:
Pren-te el teu temps i pensa per quin motiu has patit aquesta situació. Intenta solucionar els problemes. Parlant la gent s'entén.

5) Revisa els teus objectius:
Mira quins projectes has fet i quins et queden per fer. Pensa amb la ment freda i busca totes les coses bones que has viscut. Recupera la il·lusió amb el que et queda per fer.

6) Centra't en el pas següent:
Busca quin és el proper pas per solucionar el teu pro-

blema i per fer el que vols fer. No deixis que ningú el faci per tu.

7) Recorda't constantment per què vols assolir el projecte:
Busca un sentit a la vida i els mil motius pels quals has de ser feliç.

COMENTARIS:

ghfdeswnhb
hgfds
Vale, està bé! Però és molt fàcil dir les coses, però fer-les costa molt... No sé si sóc l'única, però és difícil. PETONS!

299CD553 (BBPIIN)
Anònim :3
El que realment et fa sentir millor són els amics, estar amb ella, i que et facin costat, però aquests consells van perfectee!! Mercii!!

fhasdñjafewsdhprqrae
fahsdjañsdje
Merci, adolescents.cat!! A vegades cal saber aquests consells :))

5 consells per augmentar la teva autoestima

L'autoestima pot minvar per moltes raons lligades a males experiències acadèmiques, en les relacions socials, sentimentals... Cal que siguis capaç de reprendre ràpidament la confiança i l'estima envers tu mateix, per això et passem uns quants consells que poden fer-te servei:

★**1** **Elabora una llista de les coses que et fan estar insegur.** Què et preocupa? En quins terrenys et trobes més incòmode? **Una primera organització en aquest sentit t'anirà bé per estar menys dubtós i guanyar seguretat.** Per exemple: Si hi ha un professor que et cau malament i et fa sentir un inútil, lluita per demostrar-li cada dia que ets el millor alumne de la promoció. Treballa els deures amb més il·lusió que mai i t'armaràs d'autosuperació.

★**2** **Valora't.** Tingues un bon concepte de tu mateix. Segur que has aconseguit moltes coses positives en el terreny que sigui. **Potser no ets bo en algunes parcel·les, però en d'altres ho ets i molt. Això ja t'ha de fer sentir bé.** Tens virtuts, pensa-hi i valora-les. Una d'aquestes bones qualitats pot convertir-se en el fonament sobre el qual construir la teva pròpia vida.

★**3** **Pensa positivament.** Una de les maneres més potents d'augmentar la teva autoestima és **canviant la teva manera de veure les coses.** Si durant tot el dia penses: «No aprovaré aquest examen perquè no en sóc capaç», t'envoltaràs d'un ambient negatiu que no et permetrà acumular l'energia suficient per superar l'examen, ni tampoc podràs estar bé amb tu mateix. Per tant: **«Aprovaré l'examen perquè m'ho mereixo»** és la frase que t'has d'escriure al front.

★**4** **Menja sa i fes exercici. Tots els metges del món no poden estar equivocats. L'exercici produeix endorfines que et proporcionen un benestar mental i un augment de l'autoestima** A més, si fas esport et veuràs millor quan et miris al mirall. Una bona alimentació també contribuirà a un equilibri en l'opinió que tens de tu mateix.

★**5** **Ajuda els altres.** Fes de voluntari, ajuda un cec a creuar el carrer, dóna si pots... La seva gratificació i somriure farà augmentar la teva autoestima.

COMENTARIS:

jbio
jjb
Jo crec que cadascú s'ha d'acceptar tal i com és. No hem de deixar que ningú ens baixi l'autoestima. Som perfectes tal i com som :D

:D
Anònimaa!!
Gràaciiess pels consells!!, m'anirant mooolt bé a mi i altres persones, perquè avui en dia, hi ha moltes persones que necessiten tenir autoestima :)

Saps per què necessitem les abraçades?

Estudis amb nadons conclouen que l'absència de contacte físic durant els primers anys de vida els provoca la mort de milions de neurones. **La falta d'afecte durant la infància es tradueix en una producció menor de l'hormona del creixement.** Així ho han demostrat diversos científics de la **Universitat de Duke**, als Estats Units. D'aquest fenomen en diuen «nanisme psicosocial».

Quan ens fem grans, la importància del contacte físic no disminueix, sinó tot al contrari. Estudis de la **Universitat de Carolina del Nord** expliquen que quan altres persones ens toquen o ens abracen, augmenten els nivells sanguinis d'oxitocina, anomenada també hormona de l'amor i disminueix la pressió arterial i el ritme cardíac. Una de les autores de l'estudi, **Karen Grewen**, comenta que

> «passejar de la mà de la nostra parella durant deu minuts, o una breu abraçada poden tenir un efecte protector sobre el cor en el moment de començar una dura jornada laboral».

Aquest simple fet, gratuït, ràpid i senzill, ens aporta sensacions tan bones que és capaç de fer-nos sentir més segurs de nosaltres mateixos, veure'ns més capacitats d'afrontar el dia o, fins i tot, de pujar-nos l'autoestima. Qui diu que vol una abraçada?

COMENTARIS:

fg hngfhngf
Anònimfg fhn
Abraçades per tothom! Així hauria de ser el món a tot arreu! Sense guerres i amb molt d'amor.

FANntàstIC!!
WTF? :$
Molt bé, interessant, ara entenc els adolescents... (naltros), però, en aquest estudi, s'ha permès que alguns nens creixin sense abraçades? O eren ratolins?

Llegeix i riu!
Anònimaaaaa
Ei, tu! Sí, tu, el que estàs llegint això! Espero que passis molt bon dia i si passes un mal dia intenta riure, tens un somriure preciós, no ho oblidis. Hi ha més gent que t'estima de la que et penses. Una forta abraçada!!!

:)
Anònimaaaaaaaaaaaa
Vinga, a repartir abraçades! ♥

7 consells per no perdre els nervis

Hi ha situacions que et treuen de polleguera i no ho pots evitar: perds els nervis... Segur que aquests consells per no perdre els nervis i intentar tenir el control de la situació et poden ajudar!

1. COMPTA FINS A 10: És un molt bon consell per evitar actuar amb la ment escalfada... Si hi ha una cosa que et treu de polleguera compta fins a 10 i aleshores fes el que creguis que has de fer.

2. CAL QUE VEGIS LES COSES AMB PERSPECTIVA: No s'acaba el món per aquesta incidència i segur que hi ha altres coses molt més importants.

3. DE TOTES LES EXPERIÈNCIES SE N'APRÈN. Busca el costat positiu de les coses.

4. FES QUE NO T'AFECTI: Sabem que és molt fàcil de dir i molt difícil de fer... però de vegades treure importància a les coses que de debò no en tenen tanta és la solució.

5. SIGUES TOLERANT AMB TU MATEIX I AMB ELS ALTRES: Hi ha persones que pensen diferent que tu i no perquè els exposis els teus motius canviaran d'opinió. Sigues tolerant i accepta que hi ha altres maneres de fer.

6. PASSI EL QUE PASSI NO CRIDIS: Perds tota la credibilitat si crides. Si parles pausadament i sense perdre el control pots arribar al diàleg i per tant a solucionar el problema.

7. PARLA AMB TU MATEIX: Analitza com et sents, què et passa per dintre, de què tens por... T'anirà molt bé, i si et tornes a trobar en una situació semblant, ja sabràs quina és la manera correcta de reaccionar.

COMENTARIS:

YOO
sdfgafdgbadfg
És difícil però intentaré aplicar-ho!
Petons, adolescents!! :)

Unicorni
Anònima;)
Doncs a mi no em funcionen, serà que no sóc humana i sóc un unicorni (?).

sahcfbasj
Gent
Quan una cosa et posa dels nervis no tens temps de comptar fins a 10 i després actuar... directament actues i després ja pensaràs en si ho has fet bé o no!

Per què sóc tan tímid/a? Puc canviar? Com ho faig?

No és gens estrany ser una persona tímida. És més, durant l'adolescència, la timidesa s'accentua i tot ens fa més «pena» i tenim més por al ridícul que les persones grans com els nostres pares. Quants cops heu dit al vostre pare o mare: «Deixa'm aquí, para, para, para! No vull que em deixis amb el cotxe davant la porta de l'insti!».

QUÈ ÉS LA TIMIDESA? PER QUÈ SÓC TÍMID/A?

La timidesa és una emoció que apareix quan estem amb altres persones. Ens fa sentir incòmodes, cohibits, espantats, nerviosos i també insegurs. No és estrany tampoc que quan estiguem en aquest tipus de situacions ens posem a suar, ens pugin els colors de la cara o tartamudegem quan intentem parlar.

Són sobretot les situacions noves i que no ens són familiars les que ens provoquen la timidesa; el primer dia de classe, quan coneixem persones noves... La gran por apareix perquè no sabem com reaccionaran els altres i no podem controlar què és el que passarà. Això ens angoixa.

Tot això està molt bé, però...

PER QUÈ ALGUNES PERSONES SÓN TÍMIDES I D'ALTRES NO?

La timidesa té una part d'herència. És producte dels gens heretats dels nostres pares. Hi ha aproximadament un 20% de les persones que tenen una tendència natural hereditària a ser tímids. Tot i que també depèn del nostre entorn social i de les experiències que hem viscut de petits.

ES POT CANVIAR? PUC DEIXAR DE SER TÍMID?

I tant! Però ningú ha dit que sigui fàcil! Evidentment, si ets una persona tímida, sempre ho seràs. Però pots treballar perquè no sigui així. Esforça't i de mica en mica força't a fer petits passos per superar aquesta vergonya i inseguretat. A poc a poc guanyaràs confiança i veuràs que ho comences a superar!

COMENTARIS:

dgr

Puck (sóc una noia)

Jo de petita era molt tímida però ara que sóc mes gran he agafat confiança, a part, els amics i la família ajuden a superar-ho.

Un petó, adolescents, i sou tots molt macos!!!

molt tímida

alidfujaxjh,

Jo soc una noia molt tímida, em costa ser jo mateixa quan estic amb els altres perquè no sé reaccionar immediatament... però des de fa un temps tinc el lema d'«ara o mai» i, adolescents, us juro que funciona perquè quan davant una situació de timidesa penses «ara o mai», sents que tens l'oportunitat única i que si no t'arrepentiràs més endavant. De fet així és com em vaig declarar al meu noi i portem molt de temps junts.

Espero que us hagi ajudat! Petonets!

CONFIANÇA ÉS LA SOLUCIÓ

GOMI,

Sóc una noia tímida, tant que quan tinc el noi que m'agrada davant no sóc capaç ni saludar-lo. Em poso vermella i me'n vaig corrents. Llavors em sento inútil, tonta, penosa, etc. Tinc una impotència molt gran per ser com sóc, perquè no puc fer el que m'agradaria, però sabeu què? Això es soluciona a poc a poc, i tenint confiança en mi mateixa.

Així que, adolescents tímids, penseu que la timidesa no és res dolent i que amb confiança tot anirà millor! Petons! :)

7 consells per no ensopegar dues vegades amb la mateixa pedra

Els humans som els únics éssers al món que ensopeguem dues vegades amb la mateixa pedra. Perquè no pateixis et volem donar 7 consells per no tornar a caure i no et tornis a fer mal.

Segurament que més d'una vegada has ensopegat amb la mateixa pedra (has tornat a enviar un whatsapp al noi que et mola però que passa de tu, has tornat a enfadar-te amb la teva amiga pel motiu de sempre o bé t'has tornat a enrotllar amb aquell noi que no et convé). Després de fer-ho t'has estirat els cabells i te n'has penedit: has tornat a caure en el mateix error de sempre. Et volem donar **7 consells per tal d'evitar-ho.**

1. Pensa 3 vegades les coses abans de fer-les. Actuar impulsivament et pot portar més d'un problema. Sabem que de vegades és difícil... però cal fer-ho.

2. Aprèn dels errors. Si ja t'ha passat una i dues vegades el més probable és que a la tercera passi el mateix.

3. Fes memòria i recorda les coses dolentes que t'han passat. Normalment evitem recordar-les, però ens poden fer servei per tal que no ens tornin a passar.

4. Allunya't del que no et convé i del que et fa mal. Si saps que no és bo per tu, no ho facis! Tot i que et faci por fer aquest pas, mira per tu i pensa que a la llarga serà positiu.

5. Accepta els teus errors. Sovint tendim a fer veure que no ens hem equivocat. Fer veure que no ha passat res no és gens bo.

6. És bo ser autocrític. Pensa què has fet malament i què pots fer per millorar-ho. Tingues ben clar el que vols i què has de fer per aconseguir-ho.

7. Estima't a tu mateix/a. És la clau per no fer-te mal i ser feliç.

Heu ensopegat mai dues vegades amb la mateixa pedra?

COMENTARIS:

OKEEY
Joudith,
La veritat és que sí... però ara ja sé com evitar-ho, gràcies. PETONS!^^

Yeaaa'h!
Blaah,
Moltes gràcies pels consells! Em serviran moltíssim ara i al llarg de la meva vida ^^ Petons!

haoinawrufinarsef
frnaweofvranuv,
Lo dolent no és ensopegar amb la mateixa pedra, és acabar enamorant-te d'ella :')

7 consells per quan et sents trist

«Em sento molt trista... què puc fer per tornar a estar bé?». Tots hem tingut moments de màxima felicitat i estones on ens sentim tristos i no sabem què hem de fer... *Adolescents.cat* vol animar totes les persones que se senten tristes i us vol donar aquests consells:

LOVE

- **1. Pensa que no estàs sol.** Hi ha molta gent que t'estima i amb qui pots confiar. La teva família i els amics t'ajudaran tant en els bons com en els mals moments.

- 2. Tot i que estiguis trist, **el somriure és la millor arma** per fer desaparèixer la teva infelicitat. Estar amargat no et servirà de res. Busca els motius per somriure-li a la vida. N'hi ha, i molts!

- **3. Estigues ocupat:** Quedar-te a casa tancat a l'habitació plorant no és la solució. Encara que no et vingui de gust, surt amb els amics i fes activitats a dojo!

- **4. Mira endavant, no enrere.** Mirar cap al passat no et servirà de res. Lluita i busca nous objectius. Reflexiona sobre què t'agradaria fer i com et veus en un futur i mira d'aconseguir-ho.

- 5. **No prenguis decisions importants** en moments d'odi o dolor: Cal que reflexionis per pendre decisions importants. No facis les coses per fotre a ningú ni per venjança.

- **6. Dedica't temps a tu mateix/a:** Cuidar-te et farà sentir bé i millor.

- 7. Si tens una pena molt gran i portes temps sentint-te trist és millor que **et posis en mans d'un especialista.** Els psicòlegs no són els teus enemics: et volen ajudar!

La vida està per gaudir-la, i tot i que sabem que de vegades hi ha moments difícils s'ha de lluitar per superar-los i tornar a somriure a la vida.

COMENTARIS:

cert!
Anònima.a.a
Gràcies, això m'ajudarà molt. Ja que acabo de tallar amb el meu nòvio. :(
Petons, adolescents :)

!!
asdf
Simplement s'ha de lluitar i ser fort, a posar-hi ganes, nois i noies!
Un petonet! :)

pfff... :'(
divib
Em sento molt identificada... Ahir em vaig passar TOT el dia en aquest estat :(
El que passa és que ningú no podia quedar. Vaig escoltar música, cantar amb la guitarra cançons tristes i també vaig fer una volta.
Avui ja estic millor :)

MOLT IMPORTANT
Alex@
També és molt important estar envoltat de les persones que més t'estimen i k tu també estimes.

La clau per ser feliç és acceptar-te tal com ets

Per acabar el capítol d'autoestima, et proposem fer dues llistes. L'una de coses bones que tens: Què t'agrada de tu, de la teva personalitat, del teu cos, del caràcter, coses que saps fer molt bé... L'altra llista, d'aspectes a millorar: Què no t'agrada de tu i saps que pots canviar (per exemple, el teu mal humor, que contestes als pares, l'egoisme...).

Tot i que et resulti més fàcil criticar les coses que no valorar-les, intenta que les dues llistes estiguin equilibrades. Dels aspectes negatius a millorar, intenta marcar-te uns objectius per aconseguir i a poc a poc anar convertint-los en positius, i així autosuperar-te. D'aquí un mes, torna a agafar aquesta pàgina del llibre i valora els aspectes negatius que has pogut corregir amb èxit. Et sentiràs superbé de veure que pots canviar, de mica en mica, i fer el que et proposes.

Coses positives

....

....

....

....

....

....

....

....

Coses a millorar

TESTS D'AUTOESTIMA

a la pàgina 264

- MOLT ÚTIL: 10 consells per estudiar millor!
- 7 consells per fer una bona exposició oral
- 5 maneres de relaxar els nervis abans d'un examen
- El manual per treure bones notes
- Els 10 manaments de l'alumne
- 5 consells per aprovar els trimestrals
- 5 excuses que et poden servir si un dia fas tard a classe
- 5 trucs per fer-li la pilota al profe dissimuladament
- Les 5 xuletes més comunes entre els estudiants
- Vols augmentar la memòria? Segueix aquests 5 consells

INSTITUT

Nervis abans dels exàmens? Mal de panxa només de pensar que tens una exposició oral? Suspendre un examen i no saber com dir-ho als pares? Creuar-te pel passadís amb la noia que et mola i que se't pari el cor? Tranquils! En aquest capítol hi trobareu tot allò imprescindible per superar aquestes situacions i moltes altres!!! Ser un bon alumne és a les teves mans i depèn només de tu que sàpigues aprofitar tots els consells que et donem a l'apartat d'institut.

Volem que amb les properes pàgines aprenguis a ser feliç dintre del lloc on passes més hores durant el dia. Que se't dibuixi un somriure cada cop que creues les portes de la classe i no només quan soni el timbre. Que absorbeixis tots els coneixements que et poden fer servei i descobreixis què és el que realment t'agrada per poder aprofundir en aquest tema.

Per molts és un pal, per d'altres un rotllo... però la realitat és que anar a l'institut és una sort que sovint no valorem com caldria. Que sí... que hi haurà profes que no podràs suportar... d'altres que recordaràs amb nostàlgia tota la vida i d'altres que serà millor oblidar... ehem ehem. Però has de pensar que a l'insti no només s'hi estudia mates i català... hi ha moltes altres matèries que tot i que no entren a examen saps que les tindràs guardades a la motxilla de la vida per quan les necessitis. Són allà, en aquell raconet al costat de la paciència i la saviesa i que potser algun dia hauràs de saber trobar per fer la teva vida.

MOLT ÚTIL: 10 consells per estudiar millor!

En plena època d'exàmens, cal que t'organitzis i coneguis algunes claus per optimitzar la teva dedicació als estudis! *Adolescents.cat* t'ho posa fàcil amb una desena de propostes per ser un alumne excel·lent!

✔ 1. **Programa les activitats:** Utilitza una agenda per organitzar les teves tasques. Així evitaràs creuament d'horaris i responsabilitats.

✔ 2. **Planteja't objectius a curt termini:** Si mires molt enllà tindràs tendència a estressar-te. Pensa en quins objectius vols assolir avui o, com a molt, aquesta setmana. D'aquesta manera, aniràs liquidant responsabilitats i respiraràs tranquil.

✔ 3. **Marca't un període per estudiar i compleix-lo:** Imposa't un parell d'hores diàries dedicades a l'estudi i esforça't a complir-les. Pots fer-ho pausadament, però amb voluntat i consciència ho aconseguiràs i això es reflectirà positivament en el teu expedient!

✔ 4. **Fes exercici:** És important per aclarir la ment, desconnectar i recuperar forces per afrontar l'estudi.

✔ 5. **Evita l'acumulació de feina:** «El que puguis fer avui, no ho deixis per demà». Val més anar enllestint la feina i repartir els esforços. Esquivaràs l'estrès i milloraràs el teu rendiment.

✔ 6. **Identifica els continguts primordials:** Comença per estudiar aquells temes que siguin fonamentals i que tinguin més probabilitats d'aparèixer en un examen. No perdis el temps en continguts secundaris.

- 7. **Sigues ordenat/da:** Separa bé les matèries i els continguts. Si el teu escriptori és un caos, tindràs més dificultats per trobar els continguts i absorbir-los, i disminuirà la teva efectivitat com a estudiant.

- 8. **Busca alternatives als teus apunts:** Potser hi ha coses que no et queden clares perquè les has escrit ràpid, o simplement no les has entès bé. Contrasta allò que estàs estudiant amb fonts fiables d'internet o senzillament amb un company de classe.

- 9. **Aprofita el teu temps:** Treu partit de les teves estones lliures i estudia, o enllesteix aquells compromisos que més tard et permetran preparar els exàmens. No et passis les tardes xatejant amb els col·legues.

- 10. **Estudiar és la teva feina:** Potser no tens edat per treballar, però la teva feina és estudiar. Només t'aportarà beneficis! Amb bones notes, seràs més feliç i estaràs més preparat per afrontar el futur que t'espera.

COMENTARIS:

negatius pel primer
joan_
Gràcies pels consells, i molta sort a tots els que estiguin d'exàmens i es juguin el futur. SORT!!

ssaer
Anònimwewe
Sí, ja, jo continuaré estudiant a l'últim moment i amb estrès XD

bhdbivhs
Anònimjjajaja
Aquests consells estan molt bé i segur que són molts útils, però no em veig capaç de complir-los!!

7 consells per fer una bona exposició oral

Mans que tremolen, la boca seca, quedar-se en blanc, no saber on mirar... Aquestes són algunes de les coses que passen quan hem de fer una exposició oral davant la classe i ens agafa un atac de nervis, por i angoixa. Com que sabem que molts odieu les exposicions orals, aquí teniu alguns consells:

- 1. PREPARA'T L'EXPOSICIÓ: Pot semblar una parida però és bàsic. Com menys t'ho preparis més gran serà la inseguretat i més fàcil cagar-la o posar-se nerviós.

- 2. APARENTA SEGURETAT: Intenta mostrar-te segur de tu mateix i convençut del que expliques. No dubtis. En els primers minuts és probable que et sentis nerviós o incòmode, però a mesura que passi el temps et sentiràs més a gust.

- 3. FES-TE UN ESQUEMA: Encara que sàpigues molt bé el que explicaràs i que ho hagis dit mil vegades abans, és important que et facis una mica d'esquema amb les coses més importants. Així, evites quedar-te en blanc o deixar-te coses importants per explicar.

- 4. EVITAR TREMOLAR DE NERVIS ÉS POSSIBLE: Moltes persones no poden evitar tremolar quan fan una exposició oral. Un truc molt recomanable, si saps que tremoles, és no sortir només amb un full a la mà —que es veu com es belluga—, agafa un grapat de fulls i evitaràs que es vegi com tremoles.

→ 5. PARLA TRANQUIL·LAMENT: Encara que tinguis ganes d'acabar i fer-ho ràpid, és molt important que moderis la velocitat a l'hora de parlar. Com més ràpid ho facis més t'entrebancaràs i menys t'entendran les persones que t'escolten. Vocalitzar i parlar a poc a poc millora molt una exposició oral.

→ 6. ASSAJA DAVANT D'UN MIRALL: Et pot semblar ridícul parlar sol davant d'un mirall, però et servirà per veure't a tu mateix, practicar i millorar aquells defectes que un mateix moltes vegades no es veu.

→ 7. MIRA ALS ULLS: Quan et dirigeixis al públic, una de les maneres perquè t'escoltin és buscar el contacte directe i permanent amb els ulls de la gent que tens davant. Faràs que prestin més atenció i valorin millor la teva exposició oral. (Així que mira al profe també!)

COMENTARIS:

Fghjkl
Anònimsdfghj
Merci, mai van malament uns consells.

ohouiuhuoigho
Anònimhionbiohj
Doncs m'aniran molt bé, perquè a les hores d'una expressió oral, sempre estàs nerviós :))

jdsgnfkjfkl
jlfkndkqdsgnfdk
Justament, demà en tinc una, així que moltes gràcies :)

5 maneres de relaxar els nervis abans d'un examen

Alguns de vosaltres ens heu demanat consells per evitar els nervis i els atacs d'ansietat quan s'apropen setmanes d'exàmens finals i selectivitat. Així que aquí teniu 5 consells que us poden ser útils de cara als exàmens. Sort!

LA RESPIRACIÓ. A vegades no li donem importància a la respiració i és fonamental! Quan estem nerviosos respirem acceleradament. Així que quan estiguis nerviós, dedica uns instants a respirar. Agafa aire i expulsa'l a poc a poc. Així repetidament. T'anirà bé.

ESTUDIAR. Quina xorrada de consell!, pensareu alguns. Però no. Gran part de l'ansietat i el nerviosisme que arrosseguem abans d'un examen són perquè no el portem prou preparat o no hem estudiat suficient. Així que si dediques les hores que toquen a preparar el temari, menys nervis i angoixes.

FES ESPORT. Encara que tinguis poc temps, busca una estona per practicar esport quan estiguis estressat pels exàmens. Fer exercici relaxa el cos i la ment. Funciona molt bé!

SIGUES POSITIU. Si t'envoltes d'un ambient negatiu, cada vegada ho veuràs més complicat. L'energia positiva s'encomana. Així que pensa que amb una mica d'esforç pots aprovar i presenta't a l'examen amb el convenciment que aprovar és possible i així serà!

TRUCA A UN AMIC QUE SÀPIGUES QUE HO PORTA PITJOR QUE TU. Mètode infal·lible. Sempre funciona. Mira l'agenda i busca un amic que saps segur que ho porta pitjor que tu. Truca-li i poseu en comú la matèria de l'examen. Veuràs que ho portes millor que ell i et tranquil·litzaràs..

COMENTARIS:

eutke
Anònimjhkdtu
M'agrada l'últimaa! Hahaha, gràcies.

D'acord
Lauraaa jdsalkjsdkljdjk
Gràcies, els vostres consells sempre ajuden. Ja ho provaréééé!!!!
Un petóóó.

poodemoos!
laurettaaaaaaaaaaaaaaaaaaaa
Sort amb els exàmens, adoolescents!! NOSALTREEES POODEM!

El manual per treure bones notes

Avui et solucionem el teu expedient acadèmic. Et presentem el mètode... «Aprovo ràpid i així acabo abans!». Seguint la meitat dels punts aprovaràs. Seguint-los tots t'assegures el notable!

- Tingues una **actitud positiva** a classe.
- Fes les preguntes necessàries, sense excedir-te... pots resultar pesat i pilota! Però **no acumulis dubtes, perdre't una informació o concepte clau et pot perjudicar.**
- **El professor** t'ha de conèixer. **Procura caure-li bé**, és una persona amb sentiments i si li generes simpatia t'asseguyres aquell mig punt cap a l'aprovat.
- Intenta tenir amics a classe, tenir **un cercle d'amistats potent** farà que t'avorreixis menys i et vingui més de gust assistir a classe.
- **Cuida la relació amb aquelles persones que fan uns apunts nets i polits**, te'ls deixaran si te'ls mereixes. Uns bons apunts són essencials per poder memoritzar.
- Dedica **una hora diària a la lectura i ordenació d'aquests apunts**. Si és menys no passa res, però dóna-hi un cop d'ull. O com a mínim fes la feina que t'han encarregat.
- **Procura motivar-te:** el futur depèn, en gran part, del rendiment acadèmic! No pensis només en la gresca d'avui i llaura't un bon demà.
- Aquesta motivació farà que et posis les piles sempre que ho necessitis! Unes **bones notes es tradueixen en autosa-**

tisfacció i també en la satisfacció de la teva família. Tot són beneficis, fins i tot rebràs algun regal.

★

Unes bones notes et faran feliç i això **tindrà repercussió en tot el que facis a la vida.**

★

Triomfa.

COMENTARIS:

Oleoleee

...

Jo sé un altre mètode!! Empolla el dia abans i oblida-te'n per sempre, hehe. Però gràcies!! :D

SHK

:))

I les xuletes de quin punt formen part? HEEEE ;D

Anònimmm

***

A estudiar s'ha dit... I si no, a pic i pala tots!

Els 10 manaments de l'alumne

Moltes vegades els professors acusen els estudiants de dormir, copiar, fer-se xuletes, embrutar les taules o tirar papers al terra... Però no és així! Llegeix això:

1 L'alumne no copia, contrasta els resultats.

2 L'alumne no dorm a classe, reflexiona sobre el que explica el profe amb els ulls tancats.

3 L'alumne no parla a classe, intercanvia opinions per ampliar el seu coneixement.

4 L'alumne no dibuixa i embruta les taules, s'expressa artísticament.

5 L'alumne no es distreu, examina els fluorescents que fan pampallugues.

6 L'alumne no menja pipes, estudia botànica.

7 L'alumne no tira papers a terra, li cauen.

8 L'alumne no fa tard, els seus companys l'entretenen.

9 L'alumne no es cansa a gimnàstica, es guarda forces per fer els deures al vespre.

10 L'alumne no tira guixos, comprova la llei de la gravetat que ha estudiat a classe de física.

COMENTARIS:

Està clar
Anònimx
L'alumne no mira les mosques, estudia la seva trajectòria.

jaja:D
edgaaaaaar:D
hahahaha, que bona, cracs :D

L'alumne (the geni97) aquest per què no?
Pastisser. Oriol
L'alumne no juga amb el mòbil, mira l'hora que és per aprofitar més l'estona a classe.

jajajajaj
Anònimfdsfds
Poos jo dec ser un alumne exemplar perquè els compleixo tottss!, hahaha :D

jklajndkqnk
I'm Sexy and I know it
És massa bo! Ara ja sé què di'ls-hi als profes quan m'acusin d'alguna cosa, que ho fan molt sovint!

5 consells per aprovar els trimestrals

Sabem que, en època d'exàmens, no hi ha manera que et concentris. No hi ha ganes d'estudiar, oi? Tot et distreu i faries qualsevol cosa abans que estudiar! Però no patiu: un cop més, *Adolescents.cat* és la vostra solució!

✔ **1. Estudia en un lloc on no hi hagi soroll,** per exemple: **vés a una biblioteca,** que està preparada especialment per a moments d'estudi. A més, tens tot el material que necessites a l'abast: llibres, ordinadors, silenci, etc. **No et quedis estudiant a casa, ja que hi ha soroll, els pares, germans, la televisió, la nevera** (he, he), etc.

✔ **2. Pren-t'ho com una feina:** Pensa que la gran majoria d'adults treballen i es passen vuit hores al seu lloc de treball guanyant-se el pa. Moltes vegades aquestes ocupacions són dures i requereixen moltíssima concentració! **Ser adolescent mola, però quan toca estudiar, toca.** La teva feina és estudiar.

✔ **3. Busca una manera divertida d'estudiar:** Fes-te **esquemes creatius,** per exemple. També pots fer **un joc amb un company de classe.** Feu-vos preguntes i poseu-vos premis i penyores. La qüestió és trobar la manera de fer que estudiar et martiritzi una mica menys.

✔ **4. Pensa en el plaer d'haver aprovat l'examen: Aprovar només suposa beneficis! Vol dir que has après coses noves, que ets una persona de profit i que el teu entorn social t'aplaudirà!** Qui sap, potser els pares et recompensen amb algun regal. Segur que si treus una bona nota, les coses t'aniran millor! Busca aquest benestar mitjançant l'estudi.

✔ **5. Desconnecta amb adolescents.cat!** Cada dues hores d'estudi, vés al lavabo, beu una mica d'aigua i relaxa't al sofà tot consultant algun dels continguts d'adolescents.cat! Segur que t'ajudarem a aprovar!

COMENTARIS:

.
Maaarc24
Els consells poden servir de molt, però és que el facebook s'obre sol i no se li pot fer aquest lleig...

Em...
Aïda Burillo, (@aidabg8)
No funciona, a la biblioteca et trobes amb coneguts i et distreus, estudiar avorreix i sempre trobes coses més interessants que fer... Veus, jo hauria d'estar estudiant història i aquí em teniu...

pff...
1234
La veritat és que fa moltíssima mandra això de posar-se estudiar..... però gràcies pels consells!! A vosaltres també us passa que us desconcentreu amb tot?, i ara que s'ha d'estudiar amb els ordis, pff... :P MOLTA SORT A TOTHOOM!!

5 excuses que et poden servir si un dia fas tard a classe

Hi ha dies que quan sona el despertador i dius «5 minuts més...», acaben convertint-se en 20 i has de córrer! Pels dies que us quedeu sobats i arribeu tard a classe, us deixem 5 excuses que podeu fer servir.

1. Arriba atabalat i emprenyat:
Si el profe veu que arribes estressat i atabalat perquè t'has hagut d'afanyar molt és probable que no s'enfadi tant com si arribes amb actitud relaxada i passota. Si encara ho vols fer més creïble, caga't en la mare que va parir el autocars!

2. No m'ha sonat el despertador:
Podria semblar molt típica però si l'argumentes bé cola! Has de dir que estan fent obres de manteniment al teu carrer i a primera hora del matí han tallat l'electricitat de manera que el despertador s'ha parat i no l'has sentit.

3. La sinceritat per davant:
Entra a classe atabalat i admet que t'has adormit. Demana disculpes per arribar tard i digues que no tornarà a passar. Molts professors valoren positivament aquest acte sincer.

4. La meva mare s'ha trobat malament:
Cal posar cara de preocupació i explicar que el teu pare o la teva mare, que és qui sempre et porta, s'ha marejat i no s'ha vist capaç d'agafar el cotxe. Així que heu hagut de trucar a un taxi i per això vas tard.

5. L'excusa que mai es pot donar:
Entrar a classe i assegurar que han ingressat el teu avi a l'hospital perquè ha caigut per les escales i a la sortida de classe que el teu avi t'estigui esperant a la porta de l'institut i es creuï amb el teu professor. Ha passat i no és recomanable.

COMENTARIS:

:0
ggggg
Moltes gràcies, les faré servir, una cada dia! hahaha :D

xd
friki
Són molt bones! Jo ja les he utilitzat quasi totes...

...
123456
Lo millor és la sinceritat, és millor reconèixer-ho, això fa que tinguis més credibilitat, i els professors no s'enfaden tant com si et pillen una mentida.

hola
ebfo
La porta del meu garatge és elèctrica, directament dic que no tenia electricitat i sempre cola.

@

XXX

5 trucs per fer-li la pilota al profe dissimuladament

La gent que fa molt la pilota als professors està molt mal vista per la resta de companys de classe. Això sí, aconsegueixen sempre bones notes. Si has decidit que ja és hora de treure unes notes com cal i començar a millorar la teva actitud, vigila! Si et passes de pilota et poden enxampar, i no hi ha res pitjor que un professor se senti pilotejat per pujar la nota.

- **1. Intenta formular un parell de preguntes INTEL·LIGENTS durant la classe.** D'aquesta manera demostres interès per la matèria. Als professors els encanta que els alumnes preguntin.

- **2. Si no et demana els deures NO CAL** que els hi vagis a ensenyar. Podria notar que l'estàs pilotejant i podria agafar-te mania. Els pilotes que van al profe i li diuen **«mira, he fet tot els que ens vas posar...»** no arribaran enlloc.

- **3. Encara que la classe no t'interessi** fes veure que T'INTERESSA. Has d'intentar que quan el profe et miri, la teva expressió facial sigui: ulls una mica tancats i front un pèl arrugat. També és important que amb el cap vagis fent que sí. Si un professor veu que el que explica t'interessa i et captiva, et tindrà molt ben valorat.

- **4. No portis mai la contrària** o corregeixis un professor. Encara que vegis que NO té raó, arma't de paciència i calla. Podria sentir-se desautoritzat davant dels teus companys i agafar-te mania.

- **5. Si saps el seu correu electrònic envia-li** alguna consulta sobre els treballs o deures que fas a casa. És important no fer-se pesat i preguntar coses intel·ligents. Quan redactis el mail evita posar emoticones i abreviacions de l'estil: XD, ★ ★ o BYE!

COMENTARIS:

anònim
*:)
Fer-li la pilota als profes és molt efectiu! Dono fe! Hahaha

Cereal girl
kfdogdmfklsdfmgv.
Em fan molta ràbia les nenes de la classe que van d santetes amb els profes xq els hi posin bona nota... anda ya!

Sam (sóc un Noi)
Anònim
Ho he intentat però això només funciona si ets noia. Gràcies, però no tinc res a fer vv'

@

Les 5 xuletes més comunes entre els estudiants

En un examen a vegades fa falta una petita ajuda per recordar tot el tema sencer. Una petita empenta que ens ajudi a fer memòria i ens permeti respondre a la pregunta de carrerilla, i quan tothom comença a tenir exàmens les xuletes tornen a ser les autèntiques protagonistes de les aules d'instituts, col·les i universitats. Aquestes són les cinc xuletes més utilitzades de la història.

1. **TREURE EL LLIBRE.** És la més senzilla i més arriscada també. Es tracta de tenir el llibre dins del calaix i treure'l d'amagat durant l'examen.

2. **UN TROSSET DE PAPER.** S'agafa un tros de paper i amb lletra minúscula s'hi apunten les paraules clau més importants o les fórmules matemàtiques. Habitualment s'amaga dintre la mà o a l'estoig.

3. **LA CALCULADORA.** Només serveix per matemàtiques! Consisteix a apuntar amb llapis les fórmules que necessites per fer l'examen a la tapa de la calculadora. No la feu servir per als exàmens de literatura. Us enganxarien ràpidament.

4. **ESCRIURE A LA TAULA.** És força pràctica i senzilla. Només cal apuntar-se allò més destacat a la taula/pupitre on faràs l'examen. Important: escriviu amb llapis per esborrar-ho en cas d'emergència.

5. **TREURE ELS APUNTS.** S'ha de ser una mica professional. Es tracta de tenir tots els apunts resumits en un parell de pàgines. Quan el professor no mira, els treus

ràpidament i els poses sota el full de l'examen i així sembla que siguin part de l'examen. IMPORTANT: Feu servir el mateix bolígraf dels apunts o us poden enganxar!

COMENTARIS:

Cereal Girl
ymnbbekgmvdfkom
Hahaha, molt bones, la veritat, però et pillen igual... Ho dic per experiència vv'

wkbvkjdbwk
Anònimbjkdbjkfwbkdbwkjbekj
El millor per amagar algo és fer veure que no estàs amagant res: o full sencer o un pedazo chuletón dins l'estoig i ale!

Mòbil solució
Laaaaaaia
Com el mòbil no hi ha res!, i si no saps alguna cosa, whats.

Vols augmentar la memòria? Segueix aquests 5 consells

Hi ha alguna manera d'augmentar la memòria? Què podem fer per tenir més memòria quan arriba l'època d'exàmens? És possible entrenar-la?

El pitjor enemic de la memòria és l'estrès. Així que intenta relaxar-te i no posar-te nerviós. Moltes vegades ens quedem en blanc i perdem la memòria just en el moment de l'examen perquè ens estressem massa. Aquí et deixem 5 consells per aconseguir més memòria:

- **1. Quan estiguis estudiant, fes pauses regulars de 5 minuts.** És molt recomanable repartir el temps en sis etapes de 20 minuts superintensos que no pas estudiar durant 2 hores seguides.
- **2. La memòria és com un múscul,** si no la treballes s'atrofia. Així, doncs, intenta fer exercicis mentals un parell de cops a la setmana. A internet n'hi trobaràs molts.
- **3. Fes esport.** Fer exercici ajuda a millorar la concentració i a retenir millor el que estudiem.
- **4. Dormir les hores que toquen** i fer tots els àpats també ajuda a millorar la memòria. La memòria, igual que els músculs, necessita energia per treballar en plenes facultats.
- **5. Memoritza baralles de cartes.** L'home amb més memòria del món, O'Brien, recomana memoritzar baralles de cartes per reforçar el funcionament de la ment i les vies neuronals.

COMENTARIS:

:)
kaddiii
L'heu publicat una mica tard ja que el exàmens finals de batxillerat ja s'han acabat, el tindré en compte en els pròxims exàmens. GRÀCIES.

Grans consells!
Chica_Mint, (@AliciaGarcia_98)
Encara que jo no sabia aquests consells, el fet d'estudiar diàriament ha fet que tingui una gran memòria. A vegades, entre estudi, vaig a parlar amb la meva família 10 minutets i torno, i estic més fresca de cap. Encara que, gràcies pels consells! Segur que ajudaran a més d'una persona. ^^

Joelee
Laieep
Aii, a mi m'interessaa, sempre està molt bé tornar-se més llestos :D

TESTS D'INSTITUT

a la pàgina 272

- Els 10 tipus d'addictes a les xarxes socials
- Les xarxes socials i els seus usos en les relacions
- 6 coses de Facebook que poden acabar amb la teva relació de parella
- «He tallat amb el meu nòvio, és millor esborrar-lo del facebook?»
- 5 tipus d'amics que no ens agrada tenir a Facebook però que tots tenim
- 5 consells per tenir un facebook 100% segur
- Estàs enganxat al Whatsapp!? Símptomes i maneres de superar l'addicció
- Els 5 perills d'enviar whatsapps caminant
- 7 consells perquè duri més la bateria del portàtil
- Aquestes són les 5 contrasenyes més utilitzades a internet

FACEBOOK TWITTER I WHATSAPP

Facebook, Twitter, Whatsapp... Et passes el dia connectat per saber què passa al món i què fa la teva gent. Però... com pots utilitzar aquestes eines per tirar la canya al tio o la tia que et mola? T'has parat mai a pensar què faríem sense Facebook? Com devia ser la vida dels nostres avis quan volien quedar amb els seus amics i no tenien grup de whatsapp per dir on eren ni telèfon mòbil per trucar-se i comentar la jugada?

Podríeu viure sense telèfon mòbil? El que per molts ja s'ha convertit en el seu objecte més preuat és avui en dia qui controla el món, l'amo del saber i de les relacions, el que també pot fer que es trenquin o que es formin... Si una de les primeres coses que fas al despertar-te és mirar el mòbil, aquest capítol del manual d'***Adolescents.cat*** està especialment dedicat a tu.

Si no has espiat mai el teu ex per facebook, si creus que això del hashtag és una nova marca de moda, encara funciones a base de sms i no has tingut mono de connectar-te a www.adolescents.cat ... millor que passis al següent capítol!!

Els 10 tipus d'addictes a les xarxes socials

Quins tipus d'addictes a les xarxes socials hi ha? Us hi sentiu identificats?

1. EL QUE ODIA LES VOCALS: o com ho escriuria aquest tipus d'addicte «l k oda ls vokls». És un tipus d'addicte que escriu com menys lletres millor. De vegades pot caure en el ridícul de no saber llegir el que ell mateix ha posat...

2. EL COMPULSIU: Revisa el seu mòbil i facebook cada 3 segons tot i que no hagi rebut cap notificació. És tan addicte que no pot esperar a saber les últimes novetats.

3. EL QUE LI AGRADA TOT: No para de posar «m'agrada» a totes les publicacions. Encara que a la publicació hi posi «Odio els que posen "m'agrada"» no es pot aguantar i posa «m'agrada».

4. L'AUTOREFERENCIAL: És el que ens diu, passa't per aquest bloc i et contestaré la pregunta, o bé, hauries de llegir aquest article d'adolescents.cat i et solucionaria la vida!

5. L'AMANT DE LES ALERTES: El seu mòbil està tota l'estona: pipiiiiip, pipiiiiip... whatsaaaaapp! pipiiiiip, pipiiiip... En coneixeu algun?

6. L'ENFADAT: S'enfada cada cop que canvia el format de Facebook, quan internet no li va, si no pilla wifi o bé no té cobertura...

7. EL GURU SOCIAL: Se sap totes les tendències de les xarxes socials, i si algú no sap una cosa li pregunta directament a ell o ella.

8. EL CREADOR DE VERBS: El que et diu: instagrameja'm la foto... o whatsappeja'm, googleja, favoriteja'm...

9. EL SOCIALMENT INFLUENT: Està més preocupat de ser el que més replys té i el marquen més com a preferit!

10.

EL QUE S'APUNTA A TOT: Aprofita les ofertes que hi ha a les xarxes socials per estalviar-se com més pasta millor.

COMENTARIS:

sadhvfbc
Maaaaaaaaaaariiinaaa*
Jo no sóóc addicte, però eem fa molta gràciaa aquesta geent creadora de verbs :') hahaha PD: Catalunya independeeeeeeeeeeeeent! ||*||

asfefvefrd
fdchjehfjfej
Pues jo sóc 2, 3 i 6... :S

Compulsiu!
Anònim AAAJDV
Jo sóc del tipus compulsiuu! Aiaiaiaiaiaiai

Les xarxes socials i els seus usos en les relacions

Sabíeu que fem servir diferents xarxes socials segons el que vulguem dir? SMS per declarar-nos, Whatsapp per dir t'estimo i correu electrònic per tallar! Un estudi d'investigadors de la Universitat Oberta de Catalunya (UOC) assenyala que depenent del que vulguem dir fem servir xarxes socials o tipus de missatgeria diferents.

SMS i Whatsapp

Segons aquest estudi els xats de tipus Whatsapp els fem servir per coses menors, però moltes parelles encara fan servir SMS al principi perquè sembla més seriós que un xat. Després els xats agafen el protagonisme.

Correu electrònic

Quan hem de tractar temes més profunds recorrem a vies que no són de resposta instantània. Així, si ens hem de disculpar, fer reflexions o fins i tot acabar una relació, ho fem via correu electrònic.

Xarxes socials

Segons aquest estudi, no és gaire normal que les parelles estables es comuniquin via twitter o facebook. Aquestes xarxes són més per interactuar amb els amics o els coneguts.

COMENTARIS:

sadas
Anònim
És que cara cara costa molt, jo m'he declarat pel facebook...

:D
Anònim
La millor forma de demostrar que estimes és cara a cara.

No és cert!!
Anònima
A ver, jo he tallat dient-li a la cara no per xarxes socials!! I un t'estimo també!! A ver que no és la vida sols de tecnologia també és la vida relacionat físicament en ell i per les xarxes socials com que no és el cas!!

Tiririririri
Anònim
A veure, la gent cada cop és menys... no sé, romàntica? És més fàcil dir les coses on line o whatsapp i aquestes coses... Però si tant t'agrada X persona, cony, digue-li a la cara!

6 coses de Facebook que poden acabar amb la teva relació de parella

El Facebook és motiu de fortes crisis de parella i, fins i tot, del trencament de moltes. Avui us fem un recull de 6 coses de Facebook que poden comportar greus problemes de parella:

- **1. Posar un «M'agrada»** o comentar l'estat d'una persona del sexe oposat pot ser interpretat per la teva parella com un «li ha comentat i li ha posat un "m'agrada" perquè, en realitat, li agrada de veritat».

- **2. Acceptar invitacions d'esdeveniments** sense haver-ho comentat a la teva parella. Això pot comportar un «i per què no m'ho havies dit? Que m'ho volies amagar?».

- **3. Les persones que agregues com a amics,** totes poden ser motiu d'interrogatori per part de la teva parella. «De què el coneixes?».

- **4. La situació sentimental del teu perfil.** Cal que la tinguis actualitzada. En cas contrari la teva parella et pot preguntar: «Per què no poses que estàs en una relació? Per lligar, oi?».

- **5. Les fotos on apareixes etiquetat** amb persones del sexe contrari que la teva parella no coneix. Totes són amants potencials. Quin perill!

6. Tots els comentaris que facis a les fotos dels altres poden ser utilitzats en contra teva. «Oju», doncs! Quines altres coses de Facebook us han comportat problemes amb la parella?

COMENTARIS:

ENAMORATS
MariinetAh, (@marinastwitt92)
Si una persona t'estima de veritat no desconfiarà per posar un «Me gusta» o per comentar, vamos, això crec jo ;)

gelosia
Cris_M1893, (@CristinaMangas)
Si una persona és molt gelosa, no importa què faci l'altre, perquè malpensarà igualment.

pf
Anònimm
Que et donguin la contrasenya i llegir les converses i veure com tira canya a les altres.

testimomoolt *-*
neuusfb(:
Això si la teva parella és gelosa... NORMAL... però la meva no ho és pk m'estima tant i sap q jo l'estimo... tst, Joe!!

«He tallat amb el meu nòvio, és millor esborrar-lo del Facebook?»

És una pregunta que segur que ha passat alguna vegada pel cap d'aquells que han acabat una relació sentimental. Però, què és el millor per recuperar-me? L'esborro o no l'esborro?

SI NO L'ESBORRO, m'apareix constantment al mur tot el que fa, quines fotos li agraden, quines noies li escriuen al mur... i això, a part de ratllar-me un munt, **me'l fa recordar a cada moment, quan el que vull és oblidar-la.** Potser que sí, que l'esborri...

PERÒ SI L'ESBORRO, a més de quedar fatal perquè semblarà que no vull saber mai més res d'ell, i s'ho pot prendre malament, em quedaré amb les ganes de voler saber una mica de la seva vida, a veure què fa, però no podré. **Tot i això, potser em serà més fàcil oblidar-la...**

Un dilema etern. Tot i que cadascú és lliure d'escollir la manera com sortir d'un trencament amorós, un estudi recent ha comprovat que **la primera opció és la més adequada.** El tens allà, **pots anar veient què fa,** però evitant mirar-li el seu perfil a cada hora i posar-li **«m'agrada»** a totes les fotos, òbviament.

Segons l'estudi, **el 54% dels usuaris segueixen tenint els seus exs com a amistat al Facebook però sense tenir-hi contacte, el 25% els ha esborrat directament, i el 12% van ser esborrats per l'ex.**

COMENTARIS:

ueah
Anònimueee
Jo NO el borraria mai, el meu ex, de fet no l'he borrat. M'encanteu, adolescents!

ueeedfd
anonimatuz
Primer esborra'l o elimina'l, quan vegis que estàs amb cor, i que ja l'has oblidat, i no sents el mateix ja per ell, torna'l a agregar-lo i si ell et pregunta per què ho has fet, explica-li la veritat! :)

facebook
io
És un dilema, i encara que siguis tu que l'has esborrat, t'agradaria saber d'ella, i quan la veus abraçar a un altre, i ella et deia que només t'estimava a tu, t'adones que no et volia tant com deia.
Pots esborrar a algú del facebook però no del teu cor.

niet34kj
niet34kj
A mi em va deixar ahir per la nit... Mira jo no el borraré... Potser estic fent malament... Tampoc sé si llençar totes les seves coses que tinc... El que faré és donar-li tot lo seu...
Això és per sempre... Jo de tu no el borraria, perquè si vols saber-ne d'ell, deixa-ho però no estiguis sempre al seu mur, no és bo per a tu.

5 tipus d'amics que no t'agrada tenir a facebook però que tots tenim

Tots tenim a facebook aquells amics o amigues que per una raó o per una altra acaben sent uns plastes i uns pesats. Us en presentem cinc que estem segurs que tots teniu i reconeixereu.

1. El que envia tot el dia invitacions de Cityville... Si t'agrada jugar al Cityville, hi jugues i ja està. La resta de la humanitat potser no vol jugar-hi!

2. El que sempre està depre i penja «Desmotivacions» xungues. Està molt bé que l'hagi deixat la parella i estigui trist, però la resta no tenim per què viure la seva angoixa tot el dia...

3. El que escriu com el cul de tan abreviat que ho fa tot. N x abrviar tot l q scrius ts + guai q l rsta...

4. Els etiquetadors compulsius. Aquests són capaços d'etiquetar tota la classe en una foto d'un paisatge...

5. Els enxoxats perduts que necessiten que tothom sàpiga que són supermegafeliços. Ens alegrem per tu que tinguis una xurri o un xurri superguapo i estigueu enamorats però... no fa falta que m'omplis el mur de fotos vostres menjant-vos la boca!

COMENTARIS:

dsdas
Anònimds
TAMBÉ HI HA EL TÍPIC Q ET PARLA MOLT PER FACEE... I DESPRÉSS... A LA VIDA REAAL... NI ET MIRA! :(

Anònim
Hahahaha
Dios, pura realitat, tots tenim d'aquests uns quants hahahahahahaa :")

...
P.
Falta el de: «Posa me gusta a la meva foto de perfil», que pesaaaaats!

jqwjdqj
Anònimmamams
I les que pengen tota la seva vida en forma d'estats? No són per dir-lis: Nena, compra't un puto diari!

també hi ha
anna :)).
També hi ha el tipus de noi pesat que et comença a parlar, et cau malament, li vas de borde i ell segueix tirant-te la canya...

5 consells per tenir un facebook 100% segur

Les xarxes socials i internet en general tenen molts avantatges, però com en tot, també hi ha la part negativa. Aquesta la formen els famosos hackers, aquells que es dediquen a usurpar identitats a la xarxa i fer tot el que els sembli amb el teu material personal. Com diu la dita, més val prevenir que curar!

★ **1. Utilitza una contrasenya segura:** Evita noms simples, els típics «qwerty» o «123456», i combina números amb majúscules i minúscules. Intenta recordar-la de memòria, no l'apuntis al mòbil, en una agenda... D'aquesta manera serà **més complicat que et hackegin el facebook.**

★ **2. No posis la data de naixement completa:** Això, junt amb el nom i els dos cognoms, són **informació suficient per poder investigar** més sobre la teva persona, aconseguir dades com telèfons o el DNI, i fins i tot accedir a comptes bancaris.

★ **3. Restringeix la privacitat a només amics:** La mateixa xarxa social et dóna l'opció de permetre que qualsevol persona del món vegi el que dius, el que fas, les teves fotos, els teus estats... TOT, o bé **limitar aquest privilegi als que has agregat** com a amics. És molt més recomanable aquest sistema pel que fa a qüestions de seguretat.

★ **4. No anomenis els nens petits:** Tot i que s'està posant molt de moda fer-li un facebook a nens petits o fins i tot a nadons, donar noms i fer públiques fotos seves pot acabar per convertir-se en l'ham d'usurpadors d'identitat molt perillosos.

★ **5. No expliquis que te'n vas:** És hora de marxar de vacances i el primer que fas és publicar un estat perquè tothom sàpiga que no hi seràs durant uns dies, que t'ho estaràs passant la mar de bé fora de la teva ciutat. Això significa que a casa teva no hi ha ningú, un molt bon moment per passar-hi a pispar. Resisteix la temptació!

COMENTARIS:

gràcies
AnònimMERSI!
Moltes gràcies, tot i que amb això també poden pillar-te el facebook. En fi, gràcies! Petons, adolescents :D

Molt cert
Anònim11
Això que acabeu de dir és molt cert i més val, com dieu, prevenir que curar molts cops. Al col·le també l'any passat vam fer una xerrada sobre això i crec jo que és suficientment important com per seguir-ho al peu de la lletra...

DIOSSSSSSwhcwbj
Anònima12344u
MOLTES GGRÀCIEES! Us ho recomano a tots encara que a mi em van hackejar el msn!TT i van posar coses... va, és igual! Però a part, que sapigueu que hi ha un programa per al Google Chrome que si et poses al facebook et pillen la contra! Així que cuidado a quins llocs us poseu! Un petó.

Estàs enganxat al Whatsapp!?
Símptomes i maneres de superar l'addicció

Estar pendent tota l'estona del telèfon mòbil, aguantar la respiració fins que no reps una resposta, matxacar-te el cervell amb la qüestió del doble «vist» i prioritzar un missatge de Whatsapps a qualsevol altra cosa. Aquesta aplicació per enviar missatges de forma gratuïta ja és als smartphones de 1.300 milions de persones d'arreu del món. S'envien 11.500 missatges cada segon. No hi ha cap dubte que es tracta d'una eina certament addictiva, que té atrapats individus de diverses generacions.

Segur que vosaltres mateixos, o algú del vostre entorn, pateix un ús obsessiu del **Whatsapp**. Els qui tenen aquest vici ho passen molt malament, però també el seu entorn social n'és víctima. El primer pas per superar l'addicció és saber identificar-ne els símptomes i ser conscient de la «malaltia».

Estem parlant d'una dependència que pot tenir conseqüències laborals, en les relacions de parella i en altres facetes de la teva vida. Fins i tot l'ús del Whatsapp pot arribar a ser **perillós**, ja que molts l'usen mentre condueixen o caminen.

Llista de símptomes que indiquen la teva addicció al Whatsapp:

- Estàs pendent tota l'estona de rebre nous missatges.
- Mires de forma obsessiva el doble check per veure si els missatges enviats s'han rebut correctament.
- T'obsessiones i et tornes boig si no et contesten immediatament.
- Discuteixes amb els teus amics i parelles si no et contesten immediatament, ja que tu suposes que passa de tu, i és possible que això no sigui així.
- Notes vibracions fantasma. La teva obsessió fa que el teu cervell s'imagini tremolors inexistents que provoquin que comprovis si has rebut res.

Com pots superar-ho?

- Apaga el mòbil quan et vingui de gust o, si més no, contesta només quan et vingui de gust.
- No entris en el joc de donar explicacions a una persona que s'ha enfadat perquè no l'has contestat. El problema és seu, no teu.
- Configura la teva APP de Whatsapp. Potser el problema no és teu i els qui estan enganxats són els teus amics o la teva parella. Si és així, pots ocultar l'hora dels teus missatges de Whats, així mai sabran a quina hora els has enviat.
- Bloqueja o elimina les persones que no t'aporten res o t'escriuen sense parar.
- Abandona els grups de Whatsapp que ja no t'interessen.
- També pots esborrar l'historial de converses.

COMENTARIS:

ADDICCIÓ TOTAL AL WHATSAPP
Anònim`sedrk`j`WÀ
La veritat és que és una addicció! I ara pitjor, perquè ja hem començat l'insti... Ho haurem d'aturar d'alguna manera. Gràcies!!! Petonssssss, adolescents!

bbbbf!
Anònimaaaa
APAGAR EL MÒBIL? ESTEM BOJOS?... ÉS SUPERIOR A MI, NO PODRIA VIURE SENSE MÒBIL!

C:
Madusays, (@Madusays)
Doncs, sí. Amb el meu cas, estic més que enganxada, hahaha. Noto vibracions fantasma, encara que no tingui el mòbil a sobre i m'obsessiono per si han vist els missatges i no em contesten .xd Tinc tots els símptomes, però senyal que als que som addictius a això, és que ens agrada. A més, a sobre que és gratis, doncs ja va bé! C:

Els 5 perills d'enviar whatsapps caminant

Tots hem anat caminant pel carrer i hem estat més de la meitat del trajecte pendents del mòbil i enviant whatsapps. Doncs és important saber que això pot provocar trastorns físics i mentals! Aquí teniu els 5 perills de caminar i enviar whats.

1. Podem caure.

Sembla una tonteria, però no mirar on posem els peus ens pot provocar una caiguda. A més, tenir les mans ocupades amb el mòbil fa que no ens puguem protegir del cop.

2. Anem més lents.

S'ha comprovat que quan enviem un whatsapp caminant, reduïm la marxa un 16% i no calculem bé les distàncies. Cosa molt perillosa a l'hora de creuar un carrer o un semàfor.

3. Desviem la trajectòria.

Com que estem més pendents del mòbil que de caminar, la desviació de la trajectòria és d'un 61%. Acabem fent esses i ens poden atropellar. I sense voler baixem de la vorera!

4. Forçar la vista.

El fet de caminar i el moviment del cos obliga a forçar molt la vista per veure correctament la pantalla. Això pot provocar problemes de visió.

5. Problemes cervicals.

Tenir el mòbil a les mans i el cap mirant avall ens obliga a mantenir una postura molt poc còmoda i perjudicial per a les cervicals!

COMENTARIS:

d
Anònim
Pues jo un dia vaig trepitjar una merda...

hahahha
Anònim
Jo contra la paret :')

anna
Anònim
A mi mai m'ha passat perquè no tinc Whatsapp, tinc un troncomòbil :') petons!

;D
Anònima
Sóc l'única que NO té Whatsapp i encara estic viva? hahahaa sou uns viciaaats al Whatsapp i a la BB! Lo bonic que és anar pel carrer parlant amb els amics i no a través de missatgets! Feu servir vida sociaaal!

és veritat
Miriam
Jo he caigut avui enviant un whatsapp, hahaahhaha

7 consells perquè duri més la bateria del portàtil

Tens un portàtil i estàs fart d'haver-lo de connectar sempre? Segueix els nostres consells i notaràs la millora!

1. BRILLANTOR DE PANTALLA: Tingues la brillantor de la pantalla el més baix millor.

2. UTILITZA EL CURSOR TÀCTIL: Tot i que pot ser una mica més incòmode, els ratolins per USB gasten molt la bateria del teu ordinador. Encara que l'ordinador estigui apagat, tenir el ratolí o un USB connectat suposa una despesa d'energia.

3. OPCIONS DE CONNECTIVITAT: Si no el fas servir desactiva el Bluetooth! Tingues en compte que el wifi i la pantalla són la major part de despesa d'energia en un portàtil.

4. FONS DE PANTALLA: Utilitza fons llisos i apagats. Un fons de pantalla amb fons vius i fotografies consumeix molt!

5. FORÇAR ATURADA TEMPORAL: Tots els portàtils tenen l'opció de forçar l'aturada quan no l'estàs utilitzant. Això et pot anar molt bé per no consumir tanta energia.

6. EVITAR ESCALFAMENTS: Posar-te el portàtil a la falda, sobre el llit o sobre una superfície que no sigui plana pot suposar que el portàtil no ventili correctament

i que l'ordinador hagi de consumir més energia per fer el mateix.

7. NO TENIR MIL PESTANYES OBERTES: Tenir moltes pestanyes d'internet o bé molts programes oberts sense necessitat consumeix molta energia que pots estalviar.

COMENTARIS:

meeerci!:)
anonim26
Ostres, n'hi ha que jo no faria, abaixar el brillo... després no es veurà gaire, i costa molt fer servir el cursor tàctil... però potser algun el faré! Mercii!! Peeetons, adolescentss!!♥

dfdsg
sadfds
Lo millor perquè una bateria duri és treure la bateria quan el tens connectat a la corrent i només utilitzar-la quan hagis d'emportar-te'l a algun lloc.

Gràcies pel consell!
Anuuskiiiiii*-*
Gràcies pels consells... però el meu portàtil té problemes mentals... i, alguns consells vostres, els he fet servir, però res... cada 5 minuts, a carregar!

:)
Anònim11
Notícia molt interessant, merci!

Aquestes són les 5 contrasenyes més utilitzades a internet

La revista d'informàtica *PC Magazine* ha fet un estudi per saber quines són les contrasenyes que més utilitzem per protegir els nostres correus electrònics, routers, facebooks, etc.

Sempre ens han dit que pensem contrasenyes que no siguin lògiques per protegir el nostre correu electrònic o el nostre facebook. Però segons un estudi de la revista *PC Magazine*, la majoria de gent fa servir contrasenyes massa fàcils de trobar.

Aquí teniu les 5 contrasenyes més utilitzades:

password

123456

qwerty

(són les sis primeres lletres de la part superior del teclat)

abc123

Mario Anna Maria

(el nom de pila de la persona que posa la contrasenya)

COMENTARIS:

,.,,.,
Joooan
Pos jo no he utlitzat MAI cap d'aquestes...

...
sergi
Jo he posat el meu nom però precedit d'algunes xifres per fer-ho una mica més dificil, si no aquí qualsevol ho encerta.

...
MASTERS OF HARDCORE
DONCS VAJA, SÍ QUE ELS IMPORTA LA SEGURETAT... -.-'

xD
Anònim
La meva és una combinació de lletres i números i no tenen res a veure amb la meva vida (nom, any de naixement...), així que la gent ho té clar xD

:/
Anònim
Doncs jo crec que tampoc és tan tonto posar aquestes contrasenyes, perquè com vosaltres dieu són tan tontes que no t'esperes que ningú les posi, i et comences a menjar el cap pensant en contrasenyes difícils quan la contrasenya és així de fàcil.

@

TESTS DE FACEBOOK, TWITTER I WHATSAPP

a la pàgina 274

- Problemes amb els pares?
- 3 maneres supersenzilles de fer feliços els teus pares
- 5 consells per convèncer els teus pares que has de sortir de festa
- 5 consells per arreglar una discussió amb els teus pares
- FRASES TÍPIQUES: Quan els pares et foten la bronca
- Coses que demanes al pare i coses que demanes a la mare
- Has estat mai gelós dels teus germans?
- 5 consells per presentar el/la nòvio/a als pares
- FÒRUM: Com dic als meus pares que tinc nòvio/a?
- FÒRUM: Com li dic a la meva mare que em compri sostenidors?

PARES!

- Si la teva mare et ratlla, el teu pare te la pela i la iaia et taladra l'orella... Don't worry! Tots estem igual! Per això en aquest capítol et donem quatre consells per fer més suportable la convivència amb els teus pares.

- No hem d'oblidar que gràcies a ells la teva roba bruta torna a l'armari ben planxada, menges cada dia plats ben suculents, et fan de caixer automàtic quan no tens pasta i t'ofereixen un sostre on viure i dormir.

- I encara que no ens ho sembli, estan ben carregats de

paciència i ens estimen com qui més en el món. Per això, de tant en tant, hem de tenir algun detallet amb ells... fer-los una abraçada, donar-los les gràcies per haver-vos parit i per totes les atencions que rebeu d'ells. Perquè algun dia, d'aquí a molts anys, quan sortiu del niu i decidiu volar tots sols els trobareu a faltar... Trobareu a faltar que us espiïn per darrere quan estigueu al Facebook, que us preguntin a tota hora: «Què... tens algun noviet?», que us cridin perquè endreceu l'habitació d'una vegada... i sobretot, sobretot i sobretot... trobareu a faltar el seu amor! Amorrrr de pardre i mardre!!!

Problemes amb els pares?

«Ja no puc més! No suporto els meus pares... no m'entenen i no els puc explicar res...». *Adolescents.cat* t'ofereix consells per a una millor relació amb els teus pares.

RECULL L'HABITACIÓ:
Quantes vegades hem sentit aquesta frase? Tenir l'habitació ben endreçada, a més de millorar la convivència amb els teus pares, t'ajuda a créixer com a persona i a organitzar-te adequadament.

AJUDA EN LES TASQUES DOMÈSTIQUES:
Pacta un horari de tasques domèstiques amb els teus pares. Proposa'ls ser l'encarregat de parar i desparar la taula, d'escombrar o d'anar a comprar. Una bona predisposició t'ajudarà a portar-te millor amb ells i això al final et beneficiarà.

MENJA:
Una bona alimentació és clau pel desenvolupament físic i mental de la teva persona. Menja tot el que et posin al plat i si hi ha alguna cosa que no t'agrada digue'ls-ho per poder-te'n posar menys quantitat.

NEGOCIA QUAN SURTS AMB ELS AMICS:
Digue'ls on vas i amb qui vas. No cal que els menteixis! Amb aquesta informació es quedaran més tranquils i tu acabaràs fent el que et dóna la gana perquè confiaran en tu.

PARLA, NO CRIDIS!:
Si argumentes bé les teves queixes segur que t'escolten i no et fan la guitza.

COMENTARIS:

:)
Anòniiim
Per portar-te bé amb els teus pares tens que ser tu mateix, els hi tens que explicar quasi tot i no avergonyir-te d'ells, ja que són els que t'han portat al món! :)

:)
Anònimdw
Jo crec que per portar-te bé amb ells i no tenir problemes simplement has de pensar i reaccionar, i ja està :)
Un petó, adolescents!

gytrekwrjthrjekw
hgtkmjfewk
BF... tot i això, és molt difícil que no s'enfadin amb mi :(Gràcies de totes maneres :) Petons, adolescents!

patètic
.....patetic
Vosaltres no sabeu què és tenir una maala relació amb els pares, ojalá no+ fossin discussions d'endreça l'habitació, menja, no beguis, no fumis... No sabeu què és tenir un trauma i tenir-lis fàstic... El divorci per molts adolescents es lo més dur a la vida, però x mi seria la cosa més feliç q em podria passar.
Petons, adolescents.

3 maneres supersenzilles de fer feliços els teus pares

Potser sí que els pares són uns pesats, uns patidors, una mica massa estrictes, no ens deixen sortir tant com voldríem, ens obliguen a estudiar... Però ens estimen un ou i mig! És per això, que de tant en tant, també podem tenir detalls que els facin feliços, no?

1. UNA ABRAÇADA espontània a casa amb un «ets la millor mama del món!».

2. PREPARA UN MINIDETALL en forma de regalet per a tots dos. Podrien ser dues entrades pel teatre. Però si no tens pasta, cap problema! Curra't un collage amb Photoshop amb fotos d'ells i teves i els hi regales.

3. SENSE QUE ELLS T'HO DIGUIN, neteja la cuina o els prepares el sopar sense que ells ho sàpiguen. Així quan arribin de treballar... Sorpresa! I els deixes una noteta al plat: «Pels millors papes del món!».

No et costa res i els faràs els més feliços del món!

COMENTARIS:

kjhjgj
Anònimhnu
Gràcies, ja que no els hi agradarà... quan aquesta nit vagin a la reunió de l'insti... :S

asdf
Anònimasrfhuj
Els pares... unes grans persones! Ells ens han donat la vida i els hem de fer feliços! Els hi devem tot!
Papis, us estimo!

:9
Heeello
Jo crec que no cal fer detalls per fer-los feliços, mentre sàpiguen que els estimem ja ho són, però jo a vegades sí que els hi preparo algo, haha.

safwqaerqw
Anònim ^^
Jo crec que més aviat si els abraço sense motiu o els hi dic que són els millors papes s'espantaran... Tot i així, em sembla bona idea xD

5 consells per convèncer els teus pares que has de sortir de festa

Arriba el cap de setmana i comencen les disputes amb els pares, ja que no et deixen sortir de festa i tu te'n mors de ganes! Us proposem 5 maneres, de dubtosa utilitat, per aconseguir els vostres propòsits!

1.

Porto mooolts dies **estudiant i necessito desconnectar.**

2.

Punxa el meu DJ preferit, que és tailandès, i només vindrà una vegada a la vida a la nostra discoteca.

3.

Regalen una samarreta exclusiva molt xula als 100 primers i la vuuuull!

4.

Escolteu-me, pares, **potser necessiteu una mica d'intimitat i estic pensant d'escapar-me de festa i així us deixo sols.**

5.

M'he comprat unes sabates noves i he de ballar en una discoteca per saber si em fan mal.

COMENTARIS:

fdsa
gdsd
A vegades... no cola :/

monnera
monnera
Jo li dic això de les sabates als meus pares i em diuen: pues puja i baixa les escales, a veure si et fan mal xddd

aidyhuidghad
dsjghfuygdhsuiz
Jo crec que la que més pot funcionar és la primera, i una de les que més s'utilitza!

seeeh*
jajajajajaj
Home, la quarta depèn del dia en què els pillis pot anar bé, em sembla, eeh?, hahahahaha :)

Una més
EEEEEEEEH
Una molt bona és dir: papa, mama, que preferiu que em tiri tota la nit enganxat a l'ordinador o que marxi una estoneta a ballar amb els amics? Haha, a mi em funciona!

5 consells per arreglar una discussió amb els teus pares

És el pa de cada dia! Els adolescents som rebels per naturalesa i alguna llei no escrita fa que tot sovint ens enganxem amb els nostres pares, per això us volem guiar per intentar arreglar tots aquells conflictes que se us plantegin.

- **1. Intenta posar-te al seu lloc:** **Els teus pares també han estat adolescents** i generalment volen el millor per tu; per tant, posa't al seu lloc.

- **2. Reflexiona sobre allò que ha generat el conflicte:** Tenen una raó per escridassar-te?

- **3. No cridis, raona:** Quan et baralles amb els pares, no et trobes en un concurs de decibels. **No guanyaràs res per cridar més que el teu pare o mare...** Intenta raonar-li el que vulguis explicar. Si et mostres educat, moderat i intel·ligent tens moltes més possibilitats de guanyar en aquesta «guerra».

- **4. Negocia!** Si aquesta vegada tens totes les de perdre, calla, dóna la raó, però **intenta negociar una recompensa per una altra vegada!** La rebel·lió només et durà a crits i més crits.

- **5. Demana perdó:** **«Una retirada a temps és una victòria».** Si assumeixes la culpa i mostres la teva cara més amable i «esportiva», aconseguiràs generar un sentiment afectiu en els teus pares i la tempesta passarà molt més ràpidament. L'orgull no acostuma a servir per res en aquests casos!

COMENTARIS:

gràcies
Anònim
Moltíssimes gràcies perk em fa molta falta.
Molt bons consells.

joo
joo
Ai, a mi no em fa pas falta, jo faig quatre crits o simplementt no em barallo... hahaha.
O a vegades no cridoo pk... :s hahaha, em tanco a l'habitació i si alguna vegada no tenen raó queess dic la meva opinó ;)

:)
Anònima
Jo no acostumo massa a escridassar-li als meus pares, però quan ho faig utilitzo aquests consells després i sempre acabem molt bé! :)

...
Anònim
El pa de cada dia, ja ho podeu ben dir!
Per mala sort...

FRASES TÍPIQUES: Quan els pares et foten la bronca

Quan els pares et foten la bronca per: no haver estudiat, per suspendre 3 assignatures, per tenir l'habitació feta un desastre, per molestar el germà petit, per arribar tard a casa... Sempre fan servir les mateixes frases!

Que sigui l'última vegada que...

No t'ho tornaré a repetir...

Quan siguis gran faràs el que vulguis, però mentre visquis en aquesta casa...

Però qui t'has pensat que ets?

La veritat és que no sé què hi tens aquí dins (referint-se al cap).

Ens ajudes a ampliar el repertori de FRASES TÍPIQUES que diuen els pares quan foten la bronca?

COMENTARIS:

A mi els altres no m'interessen
Anònim
—És que quines males notes.
—Ja, però hi ha gent que ha tret pitjors notes...
—PERÒ A MI ELS DEMÉS NO M'INTERESSEN!!!
—Vale, però no cal que et cabregis!
—A VEURE QUÈ HA TRET EL TAL PERSONA!!!

I més frases...
Anònima
- A mi em dóna = el k faiguin els altres!
- Estàs estudiant?
- Encén el mòbil quan surtis de casa!
- Compte amb els cotxes i els semàfors en vermell!
- Quan vaiguis pel carrer mira sempre per on vas i no portis la música posada.
- Ui, sí, vés amb compte, que mira què li va passar a un/a amic/ga un dia...!
- Si passa alguna cosa, el/la teu/va germà/ana aneu sempre junts, eeh??
- Abriga't bé que fa fred!

I més frases...2
Anònima
- Com suspenguis un examen per no haver estudiat suficient... la tindrem, eh!?
- Com vaya pa' ya!
- Compto fins a 3: 1... 2... 3...
- Per què em crides? JO NO T'ESTIC CRIDANT!!
- A mi no em parlis així, eh?

Coses que demanes al pare i coses que demanes a la mare

No sabem el motiu, però hi ha coses que demanes al pare i n'hi ha d'altres que li dius a la mare. Vols saber quines són?

MARE:

- Que t'acompanyi a comprar roba i de passada la pagui...
- Que et compri el desodorant, els cereals i la marca de iogurt que t'agrada.
- Que sigui ella qui vagi a parlar amb la profe.
- Que et renti per aquell mateix dia la samarreta que necessites per sortir.
- Que t'ajudi a buscar una cosa quan no la trobes.
- Que et desperti cada matí.

PARE:

- Que et doni pasta.
- Que arregli l'ordinador.
- Que t'ajudi amb els deures.
- Que et compri una moto o que quan tinguis els 18 et deixi el cotxe.
- Que t'ensenyi a conduir.
- Que et porti a veure al camp el partit del teu equip preferit.

Quines coses demaneu al pare i quines a la mare? Per què hi ha coses que li demanem a ell i d'altres a ella?

COMENTARIS:

efofwr
Anònimwefwe
Depèn, hi ha coses que les demano als dos. Hi ha algunes que sí que les demano a algun dels dos en concret, però la majoria de coses les demano als dos:)

gjetukl
Lauraaa:)
Jo depèn del dia i la situació. Això sí, de petita sabia que si volia anar a dormir a casa d'una amiga, si li preguntava al meu pare d'anar-hi era infal·lible.
Tot i així hi ha coses que fa vergonya parlar-les amb el pare :S Un petó, adolescents!

gtiysh
Anònima C
Molt cert! Tot i que els meus pares són una mica especials, perquè quan li demano una cosa a la meva mare em diu: Pregunta-li al teu pare, i quan li pregunto al pare em diu: Pregunta-li a la teva mare. I això no s'acaba mai... sempre així... ;)
Petons, adolescents catalans! :)

@

Has estat mai gelós dels teus germans?

La gelosia és un sentiment molt comú entre germans. Vols saber per quin motiu som gelosos?

1. PENSEM QUE EL NOSTRE GERMÀ **S'EMPORTARÀ TOTA L'ATENCIÓ** DELS PARES.

2. SI SOM EL PETIT O LA PETITA HAUREM **D'APROFITAR LA SEVA ROBA,** LLIBRES...

3. SI EL TEU GERMÀ TREU MILLORS NOTES **SEMPRE HI HAURÀ COMPARACIONS.**

4. SAPS QUE SEMPRE **US FAREU LA PUNYETA** L'UN A L'ALTRE...

5. SAPS QUE TOT I QUE NO T'AGRADI COM ÉS **SEMPRE SERÀ EL TEU GERMÀ...** NO ES POT CANVIAR!

6. UN DIA O ALTRE **ES XIVARÀ ALS PARES** QUE HAS FET UNA MALIFETA.

7. SEMPRE **VOLDRÀS TENIR MÉS JOGUINES** QUE ELL O ELLA EL DIA DE REIS.

COMENTARIS:

dskafsjf
Anònimfdsfasdk
Buff...! A mons germans me'ls estimo moltíssim!, però a vegades tinc gelos d'ells :$
Com que sóc la gran, a vegades mons pares fan més cas a ells que a mi, però a vegades ja està bé :) haha

fagfdsfadsga
Anònimfdsfasdkshhgasd
«Els germans que no es barallen, no són germans».
M'eestimo súper els meus germans... però cada dos per tres ens barallem! :)

lalalallalalalallala
Laura Pastor ♥, (@laurapastor14)
Jo crec que si no hem estat algun dia gelosos dels nostres germans no som persones normals! Jo tinc un germà bessó i sempre en estem barallant, pegant, insultant, però he arribat a la conclusió de que aquesta és la nostra manera de dir-nos: T'ESTIMO!

jo sóc la granTT
anònimaaaaaa4
Jo sóc la gran, i tinc una germana i un germà més petits que jo. Jo crec que ser la gran és el pitjor, en sèrio! TT perquè m'he de quedar sempre cuidant-los, i a ells els hi donen més, perquè sempre tindran l'excusa de que són els petits de la casa!
I a mi els hi costa més que em deixin fer coses, en canvi la meva germana d'11 anys que va al darrere, ja tindrà les portes obertes i li deixen fer tot més fàcilment :s
Els estimo molts els meus germans, però hi ha vegades que desitjaria ser la petita, en sèrio! TT

5 consells per presentar el/la nòvio/a als pares

L'adolescència és un bon moment per començar a conèixer gent, enamorar-se, petonets, mantenir una relació... però quan tot això es converteix en una cosa més seriosa, els teus pares necessiten saber qui és ell o ella! Per fer-te una mica més fàcil aquest moment força delicat, et deixem cinc consells que et poden ser útils.

- NO ET PRECIPITIS: Que us feu petons i passegeu agafats de la mà no significa que sigueu nòvios. Tenir un rotllet està molt de moda i aquesta mena d'amors temporals no cal presentar-los a la família, ja que serà incòmode haver d'explicar-los més tard que ja no sortiu. És recomanable que esperis dos o tres mesos, fins que vegis que la cosa és realment seriosa.

- PARLA D'ELL ANTERIORMENT: Dies abans de presentar-lo, és recomanable que els facis una mica d'introducció sobre qui és, on viu, què estudia... Així els teus pares es van fent una idea del seu gendre/jove i no els vindrà per sorpresa quan el presentis oficialment.

- NO HO PLANIFIQUIS TOT AL MIL·LÍMETRE: És un moment de nervis i la por de quedar-se en blanc o que no hi hagi feeling mutu fa que ens preparem i estudiem prèviament gairebé de memòria tot el que hem de dir o fer. Deixa que sorgeixin els temes, els riures i tot el que vingui serà espontani.

- **NO REUNEIXIS TOTA LA FAMÍLIA:** Una bona manera de trobar-se és en un dinar o sopar. Sigui a casa o en un restaurant, procura que a la cita no hi hagi gaires persones. Reserva't els avis, tiets, cosins, parents... per un altre esdeveniment posterior i deixa aquest per tu, ell/a, i els teus pares i germans.

- **AJUDA'L:** No el deixis sol davant del perill. Està tant o més nerviós que tu, i agrairà moltíssim que li donis un cop de mà. Que facis algun comentari positiu d'ell o ella, que si no sap què dir segueixis tu la conversa, que el defensis si els teus pares «l'ataquen»...

COMENTARIS:

Holaa!
Anònim?Tothom em coneuu! ;) jajaj broma, 07/06/2012 a les 17.51
Jo ja ho faré perquè si els hi presento ara potser que d'aquí 2 mesos ja tallo amb ell... O sigui que esperaré un temps per di'ls-hi! Merci pels consells, seguiu així!

Independència!
CATALANA ARA I SEMPRE!ll*ll, 07/06/2012 a les 17.55
Jo a ma mare li explico TOT ja que m'ha donat la vida, només faltaria que li amagués coses, a part d'una mare, és una germana per mi ♥

Ok
Nohha♥Ayoub, 07/06/2012 a les 18.37
Si jo presento el meu nòvio als meus papis... l'endemà ja podríeu venir a veure com m'enterren. A mi no em deixen tenir nòvio, encara q en tingui i me l'estimi molt.

ertret
Aertret, 07/06/2012 a les 21.20
El meu pare és tan... no sé ni com definir-ho, k si li presento un nòvio el rebrà amb l'escopetaa!! Hahaha

FÒRUM:
Com dic als meus pares que tinc nòvio/a?

L'amor és una de les preocupacions estrella dels adolescents... i òbviament això es veu reflectit en el nostre fòrum, on avui volem ajudar la Gisela, que ens planteja el seu problema i necessita consell!

"ENS EXPLICA QUE TÉ UN ROTLLO AMB UN NOI DES DE FA MESOS, I QUE CREU QUE **ÉS HORA DE DIR-HO ALS PARES... PERÒ COM? PER ON HA DE COMENÇAR?** S'HO PRENDRAN BÉ?"

Si tens una idea de com ho faries tu, o ja ho has fet, explica'ns la teva experiència! Segur que hi ha molts i moltes adolescents amb aquest dilema...

COMENTARIS:

Amor!
Anònim12
És molt difícil dir-lis als pares q tens un nòvio! Jo demanaria consells als amics o ho diria directament!

jzkf
Anònimj
El millor és dir-ho, i així quan tinguis un problema et podran ajudar... i també quan quedis amb ell no t'hauràs d'inventar excuses i tot això; jo ho diria i si no estan d'acord passa d'ells i pren les decisions que siguin millors per tu :) Sort!!

sdf
és senzill!
El que faig jo és dir-li a la meva mare. Un dia, li dic que he quedat amb un «amic», els dies següents faig el mateix, i li explico coses sobre aquest «amic» amb una rialleta d'enamorada, i així ella em treu el tema de que si m'agrada i al final li acabo dient, així amb confiança de mare a filla, que estem sortint. És el millor, al cap d'un temps ella li diu al pare :) Va molt bé!!

Bua..
Booh
Jo els hi vaig dir d'un tirón perquè ja ho sospitaven, així que, vaig tancar els ulls i ho vaig dir de carrerilla, després els vaig mirar a la cara i es van quedar bocabadats. Al que més li va costar va ser a mon pare, com no... Un pare és un pare amb la seva nena petita. Molta sort!

..
Anònimaº:)
Jo, un cop, vaig tenir un nòvio amb el que anava molt en sèrio, no era cap rotllo ni lío i me l'estimava moltíssim, i ell a mi també, així que vaig decidir dir-li a ma mare i a ella li va semblar perfecte! Li vaig dir que encara que jo fos molt jove, ja havia trobat a algú amb qui somreia sense parar i em sentia molt bé quan estava amb ell. El meu pare es va enterar pl seu compte, hahahaha, perquè per mi és més fàcil dir-li a ma mare que al meu pare!

FÒRUM: Com li dic a la meva mare que em compri sostenidors?

La Laia és una usuària del fòrum de 12 anys. Ens diu que la seva mare només li compra tops esportius i que ella ja vol portar sostenidors... L'ajudem a convèncer la seva mare?

TEMA: Ajuda, noies!!!

Hola tinc 12 anys i... no sé com dir-li a la meva mare que em compri sostenidors...
Només tinc tops esportius i aquests no m'afavoreixen gens...
Em podeu dir alguna manera de dir-li a la meva mare això?

COMENTARIS:

gent estúpida!
Anònim
Vas a la teva mare i li dius: Necessito sostens, ja no vull portar tops! ;)

:)
Anònim
La millor manera és dir-li bé, és a dir, sense cridar, ni amb mal humor. Parlant com de mare a filla, bé, com li pots parlar de qualsevol altra cosa. Segur que ho entendrà!

:)
anònima
A mi em passava el mateix, simplement pel dia del teu cumple (o no) demana a les teves amigues que si t'han de comprar algo... uns sostenidors dels que tu vols. Quan te'ls hagin regalat vas a la teva mare i li dius: mira el que m'han regalat!! I així anar fent.. un dia s'acostumarà!

ñlkjhg
Anònim
Jo , en el meu cas vaig anar a Oysho amb unes amigues i em vaig comprar un sostenidor, a l'arribar a casa li vaig ensenyar el q em vaig comprar (com de costum) i li vaig ensenyar... i ella no em va dir, em va dir q eren molt macos i jo està, no et té de fer vergonya perq totes o quasi totes hem passat per això i no ens ha passat res, així que ànims, preciosa.

:)
Ariadna
Laia, que no et fagi vergonya, demana-l'hi, ella ho entendrà. Arriba una edat que ja els tops esportius no et serveixen, t'ho dic per experiència.
Sempre pots anar tu mateixa a una botiga i comprar-te'ls. Fins i tot et poden assessorar a saber quina talla és l'adequada i quin tipus de sostén et val.
Sort!

TESTS DE PARES

a la pàgina 276

- La primera vegada
- Com sé si estic preparat/ada?
- Com s'ha de posar el condó?
- Consells per posar súper xonda la teva parella
- FÒRUM: Parleu de sexe amb els vostres pares?
- Explica'ns el teu millor petó
- 11 consells per menjar-vos la boca
- Fap-fap!
- Sóc verge i ell o ella no... L'hi he de dir?
- FÒRUM: Com va ser la vostra primera vegada?

SEXE

Tariro tariro.... Fiu fiu! Que aixequin la mà aquells a qui parlar d'això amb els pares els fot molt de tall! No taaaants si us plau!!!! D'acord, sí, sí que en fa... però no per això se n'ha de deixar de parlar, no? Per això hi som nosaltres! T'expliquem tot el que vols saber sobre la primera vegada, com posar xonda a la teva parella, et donem idees perquè facis volar la imaginació i sedueixis aquell noi/a que tant t'agrada.

I per als que encara no hagueu tingut primera vegada...

Com? Que alguns amics teus ja han xixat? I? Els donem

un pin o què? Ser verge no és cap problema. No ser-ho tampoc... Xixar, però, no és cosa d'un! No ho facis si no et sents preparat/ada ni tampoc obliguis l'altra persona. Fes-ho quan sentis que realment estàs a punt i amb una persona de confiança... t'ajudarà a fer que la teva primera vegada sigui molt millor.

- No hi ha una edat ideal per tenir la primera relació sexual, simplement cadascú es pren el temps necessari per disfrutar de la seva sexualitat de manera segura!

- Vinga, som-hi, sex machines!!! A llegir aquest capítol!

La primera vegada

Perdre la virginitat és una de les grans preocupacions dels adolescents. De vegades, fins i tot pot arribar a fer vergonya no haver-ho fet mai i hi ha qui ho amaga, quan arriba la primera vegada... Aquí us fem 3 preguntes que heu de respondre per saber si ja esteu preparats:

1. HO VOLS FER DE MANERA VOLUNTÀRIA PERQUÈ TU HO VOLS?

   No és el mateix que tu tinguis ganes de fer-ho, que una altra persona t'insisteixi per fer-ho. No deixis que ningú t'influeixi i fes-ho quan TU en tinguis GANES.

2. CONEC SUFICIENTMENT LA PERSONA AMB QUI HO VULL FER?

   Tot i que no és imprescindible, és recomanable tenir confiança amb la persona amb qui tindràs la teva primera relació sexual. Com més confiança hi tinguis, millor t'hi sentiràs i més còmode tot plegat.

3. QUAN SIGUI MÉS GRAN I RECORDI AQUEST MOMENT, QUÈ EN PENSARÉ?

   A vegades hi ha gent que, després d'uns anys, es lamenten de la manera que van perdre la virginitat. Tu que et coneixes millor que ningú pregunta't si quan siguis més gran estaràs satisfet/a de com va ser la teva primera vegada.

COMENTARIS:

Gràcies
AnònimITAS
Gràcies per això, perquè hi ha adolescents que ho fan per la pressió del nòvios.
Petons!

oh sí!
boa
La primera vegada és important. S'ha de conèixer ben bé l'altra persona perquè no et jugui una mala passada i és superimportant l'ús del condó per prevenir malalties i també l'embaràs. Feu-me cas, adolescents!

sta bé!
Fatu98,
Moltes gràcies per aquestes preguntes perquè a vegades no mirem lo important i anem al que anem per alguna pressió o per xulejar!
Gràcies, adolescentss!, a follar se ha dicho!!

Com sé si estic preparat/ada?

Alguns de vosaltres potser ja heu passat per l'experiència i en canvi a d'altres encara us queda temps i encara no us ho plantegeu... però també és possible que n'hi hagi que us feu aquesta pregunta i voleu algunes pistes per poder decantar-vos pel sí o pel no.

No hi ha una edat o un moment determinat per perdre la virginitat. Hi ha adolescents que es pensen que ho han de fer perquè els altres de la classe ja ho han fet i per tenir un tema més de conversa amb ells o elles. Fer l'amor no es fa per fardar. Es fa perquè tens ganes de fer-ho amb aquella persona i perquè penses que és el correcte per tal que tots dos gaudiu d'aquesta experiència. Hi ha qui pensa que la sexualitat és col·leccionar com més experiències, millor... però no és millor viure-les intensament, sentir les sensacions d'aquell moment especial i gaudir-lo al màxim???

Al perdre la virginitat cal que tinguis present que en aquell moment estaràs molt nerviós/osa. Per això és important ferho amb una persona que et proporcioni seguretat i confiança, algú amb qui tinguis un feeling especial. El lloc també és important: cal que estigueu tranquils i no us molesti ningú. La primera vegada no s'ha d'anar mai a sac. S'ha de tantejar el terreny i intentar gaudir d'aquestes noves sensacions. I sobretot, SOBRETOT, utilitza el preservatiu!

COMENTARIS:

avui a la nit li donaré canya
joannn14
Ara que he llegit això, li donaré canyaa!!!!
Gaudirem, us ho prometooo.

REFLEXIÓ
...
Fer l'amor és una cosa, molt important, no per prendre-s'ho a la lleugera... L'has d'ESTIMAR i respectar a l'altre, realment flipo molt que hi hagi noies de 13 i 14 anys llegint això i ho fan amb el primer que troben. I els nois bé, aquests és un altre tema, doncs per ells no és tan difícil, però que també es plantegin una pregunta abans de desvirgar o tirar-se una noia de 13/14 anys (l'edat no és tan important com si t'importa o no): d'aquí 4 anys m'agradarà tenir una nòvia que s'ha follat a 15 tios o m'agradarà tenir una que només ho hagi fet amb aquelles persones que realment li han importat i ha estimat i no pas com un acte purament egoista (sí, egoista és buscar el plaer propi). Cadascú ha de fer el que cregui però realment crec que ens han de respectar, però més important ens HEM de respectar i també el nostre cos.

fdc
Anònim6
Jo tinc 16 anys i ho vaig fer amb un amic que estàvem «de lío», jo estava força pillada, i un dia a casa seva sols i, tal ho vam fer, jo em vaig enamorar d'ell fins les tranques. Fa 9 mesos i encara ho estic, ell a les 2 setmanes ja estava amb una altra... Jo recomano que ho feu amb qui estimeu, us estimi i hagi una confiança, si no, no val la pena, de debò.

Com s'ha de posar un condó?

Estàs amb la teva xurri... esteu els dos molt xondos i decidiu fer l'amor. És molt important que tingueu ben a mà un condó, no només per prevenir de l'embaràs sinó també per tal d'evitar malalties de transmissió sexual. Encara que coneguis perfectament l'altra persona i ell o ella et digui que no té res, pot ser que en tingui sense que ho sàpiga!!! Per tant, no te la juguis i posa-li el condó. Però... com es fa?

A totes les caixes de preservatius hi ha instruccions amb uns dibuixos molt clars. Cal que les llegeixis atentament (no cal ferho davant d'ell o ella) i tinguis ben clars els moviments. El penis ha d'estar ben erecte perquè puguis col·locar correctament el preservatiu. Obre l'envàs amb cura de no trencar el condó ni de fer-lo malbé amb les ungles. Un cop obert s'ha d'agafar per la punta i col·locar-lo sobre el gland per anar desplegant-lo a poc a poc fins a la base del penis. Mentre es desenrotlla amb una mà amb l'altra cal aguantar-lo per la punta perquè quedi sense aire.

Durant la relació sexual cal comprovar que el condó és al seu lloc. Si veus que el condó s'ha trencat o ha sortit, cal acudir com més aviat millor a un centre de salut per tal que un metge determini què cal fer. Una vegada finalitzat el coit has d'anar amb compte al treure el penis ja que es perd l'erecció i cal subjectar-lo abans de retirar-lo.

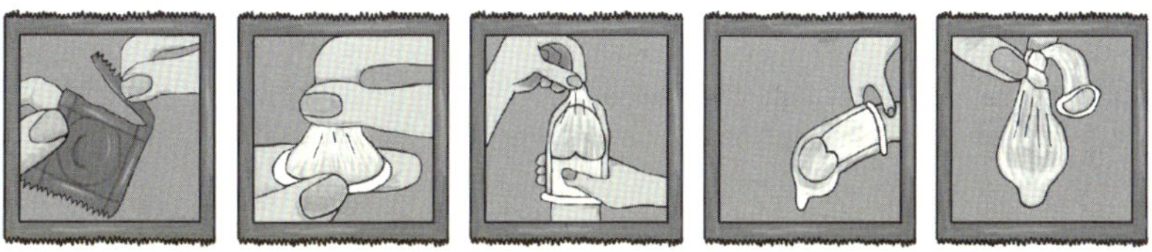

Il·lustració: Marta Comas

COMENTARIS:

dispersets
caspites88:
Molt xulos els dibuixets! Ens ha quedat ben clar com fer-ho... Ara només cal saber amb qui.

makinglove
ikaria:
Molta gent sobrevalora fer l'amor i es decepciona perquè pensa que serà la bomba. Crec que les pel·lis porno han fet molt mal!

malaltia
Jo:
A mi m'han passat un herpes per no utilitzar preservatiu (utilitzava un altre mètode anticonceptiu). Mai hagués pensat que m'hagués tocat a mi i ara tinc força problemes amb aquest tema... Així, doncs, que feu-ne cas, Adolescents!

@

LOVE
LOVE
LOVE

Consells per posar super xonda la teva parella

Hem vist que alguns de vosaltres heu preguntat al fòrum d'*Adolescents.cat* de quina manera podeu posar xonda la vostra parella. És per això que us hem buscat alguns consells que us poden ajudar a passar una estona molt i molt... calenta!

1. Whatsapp: Encara que no estigueu junts físicament, la noves tecnologies permeten que les parelles puguin posar-se xondes a distància! Què us hem d'explicar, no? El Whatsapp pot convertir-se en una manera perfecta per llançar indirectes (o directes) una mica pujades de to al teu nòvio o nòvia!

2. Balla: Sorprèn la teva parella amb un ball supersensual! Si pots, vesteix-te ben sexy i balla només per ell o ella! Li encantarà... Dancing in the night uoooohh!

3. Ataca les zones sensibles: No vagis directament a fotre mà! A vegades mola més anar a poc a poc i començar per algunes zones sensibles com l'orella, el coll, fer petons a la panxa...

4. Jugueu a imaginar: Pots proposar-li un joc. El joc d'imaginar situacions pujades de to. És molt fàcil, la cosa va així. «T'imagines que ens quedem tancats en un emprovador de roba interior...?».

5. Fes-l'hi saber: «Que li faci saber el què?», pensareu alguns... Doncs, fes-li saber a la teva parella que estàs xondo/a perdut/uda, ja veuràs com automàticament li canvia l'expressió de la cara i se li accelera el cor! :D

COMENTARIS:

____
Anònimos
Totes les noies a posar-se caxondes, hehehe ;)

Això sí funciona
:$:$:$:$
Jo el que li he fet a la meva parella, i funciona molt bé, és lligar-li les mans (amb un mocador per exemple) i tapar-li els ulls (amb un altre mocador!! xd). Jo ho he provat i els hi mola moltíssim!

xondeees¿¿¿
sexanim
Posar-la xonda és molt fàcil: La poses mirant cap a Vic... li balles unes sardanes mentre li toques la figa i li llepes el boniato ben llepat.

FÒRUM:
Parleu de sexe amb els vostres pares?

Quina experiència en teniu? Són oberts? Us guien? Us fan preguntes? Quins assumptes tracteu? Avui, les converses de sexe amb els «papis».

Amb l'adolescència arriben les primeres experiències sexuals, els primers fracassos i èxits, sensacions i dubtes. Avui ens preguntem si **consulteu les vostres incògnites en matèria sexual als vostres pares.**

Parles de sexe amb ells? Quins temes tracteu exactament?

Gràcies per participar.

COMENTARIS:

love brother
Anònimjhsdfglashk
Normalment si hi parlo, ho parlo amb el meu germà! :)

olaggg
gggg
No molt, és que em fa vergonya, però ho intento, és molt millor estar informat, abans que passin desgràcies!

asdf
Anònim12345678754323467 8i9
MAI! NOMÉS AMB ELS AMICS! EM PORTO MOLT MALAMENT AMB MON GERMÀ I AMB ELS PARES FA MOLTA VERGONYA!

millor aquest tema no
intentoevitareltema
Ni de conya, intento evitar-ho.

:3
Fuckyea
NO, no m'agrada parlar d'això amb els meus pares, i no és que no confie en ells ni re d'això, però no sé... és un tema que normalment no trac :/

sexe...
Carlos ((:
Pues jo sí perquè la meva mare és psicòloga i això... i parlem molts cops del tema dels condons i el risc...

mmno
divib
Què va... Massa vergonya. En parlo o amb els amics, o ho busco per internet, com per exemple a adolescents.cat.
Alguna coseeeta potser, però res.

mai va malament
Beeerta!
Ells també han sigut adolescents, i han passat per aquí...
Estar informat mai va malament.
A vegades hi parlo, em fa una mica de vergonya. Però més val estar informat a que no passi res greu.
Així que qui tingui vergonya, a vegades va bé parlar-ho amb els pares.

Explica'ns el teu millor petó

Els petons són un bé molt preuat de l'espècie humana! Sempre que els rebem o els oferim a una persona que estimem o que ens genera atracció. Volem que ens expliquis el teu millor petó!

Tendres, carregats de passió, amb o sense llengua, humits, amb mossegadeta incorporada, etc. No hi ha ni un petó igual. També poden fer-se a parts diverses del cos, però el més important és que siguin sincers i autèntics! D'entre tots els petons que heu rebut, ens podríeu explicar el millor?

COMENTARIS:

nvoedufjhnvi
Anònim
Amb llengua, amb mossegadeta, humit i sí, carregats de passió. M'acabo d'adonar de que sona una mica pornogràfic... xD

.
Anònim
El meu millor petó? Un piquito sota l'aigua, a la piscina. Em va encantar...

Petó
Anònima!
El meu millor petó sens dubte és un a la boca amb llengua, molt tendre i suau però a la vegada carregat de passió, va durar poc però va ser superintens! :$

selena buscona
Anònim
La veritat mai he besat a ningú però m'agradaria k fos apassionant i k tingui molt de significat, un d'akells k no s'obliden mai.

:)
Anònim
Va ser en una quedada amb les meves amigues, i anàvem caminant i ens trobem el grup de nois de la classe i estava el que em mola i vam passar el dia junts i en l'últim moment, es va posar a ploure, ja m'anava, em va agafar de la mà i ens vam començar a liar :)

11 consells per menjar-vos la boca

- 1. Boca i DENTS BEN NETES.
- 2. LLAVIS HUMITS, humiteja'ls dissimuladament amb la teva pròpia saliva.
- 3. Besa suaument, NO TENSIS LA BOCA. S'accepten mossegadetes suaus.
- 4. CONTROLA LA SALIVA, no en passis més del compte, pot resultar fastigós.
- 5. NO INTRODUEIXIS LA LLENGUA MOLT ENDINS, no és un joc de tocar la campaneta.
- 6. DEIXA RESPIRAR... Que les ganes i l'emoció del moment no amarguin el petó.
- 7. Deixa't portar, CONCENTRA'T A SENTIR EL PETÓ.
- 8. Si tens els cabells llargs lliga-te'ls. Recorda que NO ESTEM MENJANT CABELLS.
- 9. EVITA MENJAR ALLIOLI des de 48 hores abans.
- 10. És preferible TANCAR ELS ULLS, així no desvies l'atenció cap a altres bandes.
- 11. JUGA AMB EL CANVI DE DIRECCIÓ i les pauses, sense marejar-vos.

COMENTARIS:

se pasan
naty..
Con la lengua se puede jugar... pero tampoco pasarse...

_
Anònim
Jodeer... com s'ha de moure la llengua??? U.u

ecccs
Anònimaaaaaaaa q
Cada u té el seu propiiii estil... hahaha.
Els consells són molt bons :)

Fap-fap!

S'han dit moltes coses falses per evitar que tant els nois com les noies facin fap-fap.

La masturbació no provoca calvície, ni esterilitat, tampoc s'acaben els espermatozous ni et surten grans. Fer fap-fap és una cosa natural i ajuda a conèixer el teu propi cos i a saber què és el que t'agrada i el que no.

Masturbar-se no és obligatori! Si ho fas és perquè vols. Sobretot hi ha moltes noies que els «fa cosa» fer-ho perquè tenen la falsa creença que només els nois ho fan.

Molts sexòlegs asseguren que ajuda a acceptar el propi cos i a tenir un bon desenvolupament psicosexual.

Es diu que com més coneguis el teu cos de manera individual millor és el joc en parella.

COMENTARIS:

noia 16
joivfjodjfojdfojdoe
avèrem Jo crec que la majoria de les noies ens masturbem encara que diguem que no. Jo mateixa ho faig i ningun amic meu ho sap perquè em fa cosa el que puguin dir de mi.

Ei, proveu-ho
Mrfree
Masturbar-se és del tot normal, encara que a les noies aquest tema ens costa més de comentar-lo. Veiem molt típica la masturbació masculina, però de la femenina no se'n parla i és perfectament normal.
Per les noies que els hi costa més introduir-se en aquest tema, proveu de fer-ho amb un noi, així esteu més relaxades pel fet d'estar amb algú que us atrau físicament i en qui se suposa que hi confieu. Després ja veureu, no serà un tema que us compliqui tant el cap.

...
una noia
Em sembla molt bé que hagueu posat aquest article, perquè com ja heu dit la masturbació femenina és un tema molt tabú entre la societat d'avui dia. Què passa, que els tios poden fer-se «pajas» i estar-ne orgullosos de fer-ho, i les noies no es poden masturbar i si ho fan és secret? Quina diferència hi ha en que ho faci un o l'altre?
A part, els que comenteu per posar xorrades que sapigueu que sou uns immadurs, perquè si són noies que sapigueu que en un moment o un altre us agafarà la curiositat, i si sou nois en algun moment ho fareu a una noia, que en aquesta vida el plaer del sexe no només és per als nois.
Res més a dir.
Bueno sí, madureu una mica, i perdeu la vergonya. Disfrutar del teu cos no té res de dolent, al contrari!

Sóc verge i ell o ella no... L'hi he de dir?

Molts de vosaltres no sabeu si dir-l'hi o no a la vostra parella que encara no heu perdut la virginitat. Us volem aconsellar per saber què heu de fer en aquest moment de la vostra vida.

- **La veritat per davant:** Mentir no és la solució. Tard o d'hora se n'adonarà i és millor que sàpiga la veritat.

- **Confiança:** La primera vegada, tant pels nois com per les noies, és molt important i es recorda sempre. Si ho has de fer, millor que sigui amb una persona que et transmeti confiança.

- **No tinguis por de dir-l'hi:** No et faci por dir que ets verge! Si ell o ella no accepta aquesta situació és que realment no li importes. No val la pena que quedis més amb ell o ella si s'ho pren malament.

- **La primera vegada és diferent:** Els nervis inicials i el fet de pensar que per l'altra persona no és la primera vegada poden fer que et sentis incòmode. Digue-li a l'altra persona com et sents en cada moment... Si estàs incòmode és millor que ho deixeu per una altra ocasió.

- **No tinguis vergonya:** Ser verge no és una condició de la qual t'hagis d'avergonyir... Cada persona té el seu temps.

- **No forcis la situació:** No ho vulguis fer perquè ell o ella ja ho ha fet. Fes-ho quan et sentis còmode i preparat per fer-ho.

COMENTARIS:

se
tututu,
La sinceritat sempre davant :) ja que les noies la primera vegada fa molt de mal, però qui sigui verge no té per què preocupar-se, tot al seu temps.
Petons, adolescents:)

sdfgbhm,hygfdc vb
Anònimqwertyuilkjhgfcdvb
També passa que SEMPRE estàs nerviosa i incòmoda al moment que ho intenteu, llavors mai saps quan estaràs preparada! A més si a l'intentar-ho ell no et dóna prou confiança. Doncs clar, ell s'ho prendrà malament ja que es pensarà que no confies ni l'estimes suficient per intentar-ho. Tot és molt complicat. Ho millor és esperar el moment adequat i no forçar les coses! UN PETÓ, ADOLESCENTS! :)

sgsd
soniiiiia!:D
Mireu... jo sincerament crec que si ho fas amb la persona indicada tot surt perfecte. Jo era verge i ell no, i vam estar un munt de temps sense fer res i al final li vaig dir que sí i cada moment m'anava preguntant que com estava, si volia que parés, si em feia mal... Va ser maquíssim, de debò. No tingueu pressa... quan arribi el moment ja ho notareu!
Petons, adolencents!

oppa gangnam style
Anònimaaaaaa
Eiii, nois/es! Jo era verge i ell ho havia fet un parell de vegades. Sé que us sentiu incòmodes pk ell/a ho ha fet i vosaltres no sabeu si ho faràs bé, si no...Tu has de sentir-te preparada, dir-li k ho estàs i ell/a anirà preguntant-te i si no, li dius tu quan ets sents incòmode o quan et fa mal. Si n'esteu segurs/es i sabeu k ell/a és amb ki ho voleu fer, endavant! És meravellós! :)

FÒRUM:
Com va ser la vostra primera vegada?

Una adolescent catalana, la Laura, ha obert un tema al fòrum perquè vol que altres adolescents li parlin de «la primera vegada», és a dir, el primer cop que van practicar sexe, i pregunta algunes coses que li preocupen:

> “ Hola a tooots! :D la vostra primera vegada va fer mal? Ho vau fer amb algú que estiméssiu i que us estimava? Com va passar? Ho havíeu parlat abanss? Un petonààs!

Quina ha estat la vostra experiència?

COMENTARIS:

oolapjh
Anònim
No ho he fet mai encara! Tot al seu temps :)

sexeee
jo
Ho vaig fer amb un imbècil i no, no em va fer mal, només em faltaria això! Me n'empenedeixo!

ewtgre
Anònim
Sóc verge.

...
Anònim
Sóc tio, als tios no ens fa mal. Vaig anar amb cuidado per no fer-li mal a ella.

primera vegada
Anònim
La meva primera vegada no va ser gaire bona, em va fer mal, però no em va sortir sang, i ho vaig fer amb algú que no estimava. Jo recomano que la primera vegada ha de ser amb algú que t'estimis, perquè no hi ha comparació de fer-ho amb amor o sense... i és una cosa molt important.

flw
flw
Jo sí que ho he fet, ho vaig fer amb la persona «que volia» de veritat i no em va fer gens de mal... Abans de fer-ho penseu si és lo que voleu, si sabeu tot allò que heu de saber, i si t'estima com tu creus que t'estima... Ademés, avui en dia comencen a «follar» abans que a aprovar a 2n d'ESO... Em sembla penós que passi això!

TESTS DE SEXE

a la pàgina 284

i TEST: Ets un/a crac de les primeres cites?

Les primeres cites mai són fàcils. Sobretot per una qüestió de nerviosisme i inseguretat. Fes el test sobre primeres cites i descobreix si ets una persona hàbil a l'hora de seduir!

1. Normalment ets de les persones que proposa la cita?
- a) Sí. Proposo jo les cites.
- b) Depèn.
- c) No. Normalment em proposen les cites.

2. Com et comportes?
- a) Mostro que sóc una persona segura i parlo d'aquelles coses que sé fer per impressionar i agradar a l'altre.
- b) Intento ser simpàtic/a i interessant però sense fer-me pesat/ada parlant massa de mi.
- c) Sóc jo mateix/a. No m'agrada actuar ni fer veure que sóc qui realment no sóc.

3. A l'hora de pagar al restaurant on heu sopat...
- a) Ràpidament m'avanço i pago jo.
- b) Espero què voldrà fer ell/a. Segurament acabarem pagant la meitat cadascú.
- c) Esperes que et convidin.

4. Quin d'aquests temes creus que NO és convenient treure en una primera cita?

a) Sexe. b) Diners. c) Exparelles.

5. Durant la cita es viu un moment de silenci. Ningú diu res. Què fas?
- a) Et poses supernerviós/osa i comences a suar.
- b) No passa res perquè estiguem en silenci uns minuts.
- c) Ràpidament intentes salvar la situació i treus algun tema interessant de conversa.

6. S'acaba la cita, heu pagat i sortiu del restaurant...

a) Li proposes anar a fer una volta per tirar avall el sopar.
b) Us feu dos petons i us acomiadeu.
c) Us abraceu per acomiadar-vos i aprofites per fer-li un petó.

PUNTUACIÓ

1) a=15	b=10	c=5		**4)** a=10	b=5	c=15
2) a=5	b=10	c=15		**5)** a=5	b=10	c=15
3) a=15	b=10	c=5		**6)** a=15	b=5	c=10

RESULTATS

80

De 75 a 90: Realment ets bastant crac en les primeres cites i tens molt clar què és el que s'ha de fer per triomfar. Ara bé, que no et pugin els fums! A vegades un excés de seguretat pot donar-te una imatge xulesca i prepotent.

De 55 a 70: Tens les coses bastant clares a l'hora d'anar a una primera cita. Tot i així, de vegades et falta una mica d'experiència o sang freda per prendre decisions en moments clau. D'aquí a un temps en seràs un/a autèntic/a expert/a.

De 30 a 50: Les primeres cites no són el teu fort, però no pateixis perquè ja aniràs agafant experiència. Busca consells i parla amb els amics i amigues, segur que les vivències dels altres et poden ajudar.

COMENTARIS

Djjjjjjjjj
dj
No he tingut mai cap cita...

+108 -8

dsgdsgdsgdsgds
Anònim sdgsdgdsg Som adolescents no les convidem a sopar aixins com aixins!

+14 -6

TEST: Estàs realment enamorat/ada?

A vegades és molt difícil saber exactament què és el que sentim per una persona... Així que aquí et proposem respondre a aquest test que t'ajudarà a saber si estàs realment enamorat/ada o no d'aquesta persona que creus que és tan especial... ;)

1. Quan penses en ell/a, què sents?

a) Notes que t'agrada molt.
b) Et poses nerviós/osa i somrius.
c) M'agrada però de seguida penso en altres coses.

2. Vas a una botiga i veus alguna cosa que li encantaria...

a) T'ho apuntes pel seu aniversari.
b) Vas malament de pasta però... li farà molta il·lusió!
c) Penses que li agradaria però tampoc fa falta comprar-li...

3. Quan el/la veus parlant amb un tio/a que li tira la canya...

a) Et poses dels nervis i et ratlles... Paaam!
b) No et mola però saps que és normal que la gent tiri la canya...
c) Te la suda bastant, la veritat...

4. Quan estàs amb ell/a, com et sents?

a) Depèn del dia.
b) Bé, molt bé.
c) No ho puc explicar, és increïble... brffff!

5. Alguna vegada has imaginat que es mor?

a) Sí.
b) No.

6. Tot i que no sigui el moment, has pensat a anar a viure amb ell/a algun cop?

a) Ho he pensat però és massa aviat!
b) Mai ho he pensat! #estamoslocos?
c) Sí, i hi aniria ara mateix!

7. Quan esteu junts, en algun moment li diries 't'estimo'?

a) Sí b) No c) Sí però no m'atreveixo

PUNTUACIÓ

1)	a=10	b=15	c=5	**5)**	a=15	b=5	
2)	a=10	b=15	c=5	**6)**	a=10	b=5	c=15
3)	a=15	b=10	c=5	**7)**	a=15	b=5	c=10
4)	a=5	b=10	c=15				

RESULTATS

¡90!

De 85 a 105: Love is in the air! Estàs més penjat que un fuet de Casa Tarradellas! Estàs molt i molt enamorat/da d'ell. I saps què? Que se't veu a la cara! Disfruta aquest moment... No dura sempre! Oixxxx oixxx brbrbr-brbrb! Quina tonteria portes a sobre matxo!

De 60 a 80: Oju! Peligru! Estas en procés d'enamorat-te d'aquesta persona! És un procés que segurament no podràs aturar i et portarà a enxoxar-te i molt! El més important és que estiguis segur que ell/a sent el mateix que tu... Si saps que no és així, potser t'hauries de plantejar allunyar-te'n una mica... Sort!

De 35 a 55: No estàs enamorat/ada, però sí que t'agrada està amb ell/a i fer coses junts. Sou alguna cosa més que amics. Però en l'amistat, l'amor i les relacions és molt difícil penjar etiquetes als sentiments. Potser amb el temps se't pot despertar l'amor cap a aquesta persona, qui sap!

COMENTARIS

fghjklnu6254
adfghjkl
love is in the air!
+15 -2

LOL
eloy
m'ha donat 70 a la primera k fort crec que estic enamorat de la noia que estimo :$
+5 -1

LOVE

i TEST: S'està enxoxant de tu?

A tots ens agradaria poder saber què pensa exactament de nosaltres aquell/a noi/a que tant ens mola. Sent el mateix que jo sento per ell/a? Com que encara no s'ha inventat l'aparell que ens ho permeti saber, et proposem aquest test que potser t'ajuda a aclarir els dubtes.

1. Quan parleu pel Facebook o pel Whatsapp...

a) Sempre m'obre ell!
b) Ell no m'obre mai, sempre li he de començar a parlar jo.
c) Depèn, de vegades m'obre ell i de vegades jo.

2. Quan us trobeu pel carrer...

a) Em mira de reüll, somriu i fa veure que no ha passat res.
b) Em saluda, em fa dos petons i em pregunta on vaig.
c) M'esquiva, clarament.

3. Aneu de festa, i quan el veus...

a) Se'n va, desapareix i no el torno a trobar en tota la nit.
b) Diu que té molta calor i marxem a una zona més tranquil·la i apartada...
c) Em convida a beure alguna cosa mentre ballem «Danza Kuduro».

4. Sovint té rotllets amb altres ties?

a) No! Té ullets només per mi, les altres no li interessen.
b) Sí, és un lligon i cada cap de setmana va amb noies diferents.
c) No gaire, però quan té una oportunitat l'aprofita.

5. T'escriu cosetes al Facebook?

a) Sí, de vegades em comenta alguna foto o posa «m'agrada».
b) No, només el tinc agregat per mirar-li les fotos i saber què fa, però res més.
c) No para! Tinc el mur ple d'estats seus, enllaços i fotos. Es passa més temps al meu FB que al seu.

6. T'ha tirat mai la canya?

a) No, i no crec que ho faci mai.
b) Un dia va escriure «guapa!» a una foto meva ^^
c) Sí, sempre. Em pregunta si m'agradaria tenir una relació amb algú, em diu que cada dia sóc més guapa, em proposa cada dos per tres anar de festa junts...

PUNTUACIÓ

1)	a=15	b=5	c=10
2)	a=10	b=15	c=5
3)	a=5	b=15	c=10
4)	a=15	b=5	c=10
5)	a=10	b=5	c=15
6)	a=5	b=10	c=15

RESULTATS

De 75 a 90: Enxoxat és poc! Li moles, està claríssim. Segur que es passa el dia pensant en tu i buscant la manera d'aconseguir-te. El tens hipnotitzat i està esperant d'un moment a l'altre que te n'adonis. Reacciona!

De 55 a 70: Sent alguna cosa per tu, però no ets l'única. T'aprecia, li caus bé i no descarta tenir alguna cosa amb tu, però de moment no vol comprometre's amb cap noia i prefereix viure al seu aire mentre s'ho pugui permetre.

De 30 a 50: Tenim males notícies... No té pinta d'estar gaire per tu, o ho dissimula molt bé. Però no et desanimis! Prova de fer-te més propera a ell i potser sorgeix la xispa que necessites.

COMENTARIS

:D
Gal·la
45! Justet però no em puc queixar! El problema és com avançar... m'hi tiro jo o espero a que s'hi tiri ell?

+7 -7

penoos! TT aajbasjb
Anònim sdjbs
Un 5! jo ja sabia que no li agradava però un 5? Això es penós! Agafaré una depressió! TT ahahaha

+31 -6

TEST: Has conegut la teva «ànima bessona»?

El test que esperaves! Has conegut una persona, però no saps si és la definitiva? Si acabeu de ser compatibles, o si es correspon amb el perfil de la teva parella perfecta? Respondre a aquest test t'ajudarà a treure'n la conclusió!

1. Abans de ser parella vàreu ser amics?

a) No, vàrem ser parella des del primer moment.
b) Sí, i més tard ens vàrem enamorar.
c) Mai havíem sigut amics, però sí coneguts molt abans de sortir.

2. Com us vàreu conèixer?

a) De festa, en un bar.
b) Estudiant… a l'escola, a l'institut…
c) Tots van presentar uns amics.

3. Qui es va declarar a qui?

a) Ell/ella.
b) Jo.
c) Tots dos ho sabíem, no va fer falta declarar-se.

4. Rius quan estàs amb ell/ella?

a) No, per riure ja hi ha els amics.
b) Sí, és una persona molt divertida.
c) Depèn del moment i la situació.

5. Els teus amics/gues li cauen bé?

a) Sí, de fet junts s'ho passen genial.
b) Depèn, alguns no gaire bé.
c) No li agraden. No s'hi vol relacionar.

6. Tens confiança total en ell/ella?

a) Depèn, en tots els aspectes, no.
b) Sí, hi confio cegament.
c) Mai es pot confiar al 100% en la teva parella.

7. Creus que tu ets el més important en la seva vida?

a) Sí, crec que m'estima per sobre de tot.

b) No, crec que en la seva vida hi ha coses més importants.

c) Suposo que això només ho sap ell/ella.

8. T'agrada físicament la teva parella?

a) Podria ser més guapo/a...

b) Sí, la veritat és que m'encanta!

c) Més o menys... té virtuts i defectes.

9. La teva parella s'arregla molt quan surt amb tu?

a) Sí, es posa molt guapo/a.

b) Com sempre, normal...

c) No, la veritat és que passa bastant.

10. Heu parlat d'un possible futur junts?

a) No, mai parlem d'això.

b) A vegades, però no gaire.

c) Constantment n'estem parlant.

PUNTUACIÓ

1)	a=5	b=15	c=10	**6)**	a=15	b=10	c=5
2)	a=5	b=15	c=10	**7)**	a=15	b=5	c=10
3)	a=10	b=5	c=15	**8)**	a=5	b=15	c=10
4)	a=5	b=10	c=15	**9)**	a=15	b=10	c=5
5)	a=15	b=10	c=5	**10)**	a=5	b=10	c=15

RESULTATS

¡130!

De 120 a 150: Pel que sembla, esteu fets l'un per l'altre! Us agradeu i estimeu, tant físicament com intel·lectualment. Tot i que de vegades la rutina t'ataqui i no ho vegis així, **aquesta és la parella que estaves esperant, sense cap dubte!** Felicitats!

De 85 a 115: Està claríssim que teniu coses en comú i que el teu noi/a és algú especial de qui estàs enamorat/ada, però hi ha alguns aspectes en les vostres personalitats que no acaben de congeniar, fet que ens impedeix assegurar-te que et trobes davant de la parella perfecta.

De 50 a 80: Segurament ara esteu en la **fase d'enamorament**, i la il·lusió t'impedeix veure la realitat: no formeu la parella perfecta. Potser tens els sentiments una mica confosos, reflexiona-hi a fons i pren les decisions que creguis adequades.

COMENTARIS

biennnnnn
Anònim
Estic enamorada del millor del món!!!!!

+18 -10

biennnnnn
Anònim
Sé que està a punt de tallar amb mi... i ara fent el test ho he confirmat!! No m'estima! Estic farta, tots els tios són iguals!

+9 -6

1996
Anònim
Doncs a mi me l'heu encertat de ple. En tota relació hi ha de vegades espais en blanc (discussions, o bromes mal fetes, etc.), si no... tot és massa perfecte i evidentment que no sortirà bé. Jo estic molt feliç de la meva parella, i el meu resultat ha sigut un 91. La veritat és que mai havia estat així amb ningú. I espero que duri moltíssim, perquè me l'estimo, i donaria la vida per aquesta persona. Ningú assegura que surti bé del tot... però jo penso lluitar fins l'últim sospir. Perquè si passés alguna cosa... jo em quedaria sense res. Així que... ja n'estava convençuda de que lo nostre funcionaria, però amb això que heu dit, ara n'estic més :)
Petonets a tots (:

+31 -6

TEST: Estàs preparat per tenir parella?

No tothom està preparat per tenir parella o començar una relació. Si tens dubtes, respon amb la màxima sinceritat possible aquestes preguntes i descobreix si és el moment de tenir parella o no!

1. Quan penso en el noi/a ideal em ve al cap...
- a) Una persona en concret.
- b) El meu ex/la meva ex.
- c) Ningú en concret.

2. Si tingués xicot/a...
- a) Només tindria ulls per ell/a.
- b) Miraria els altres nois/es... Mirar no és pecat!
- c) No seria capaç de resistir la temptació...

3. El pitjor de tenir parella...
- a) És que el trobes a faltar.
- b) És quan no tens ganes de quedar i ho fas per obligació.
- c) És no saber què fer quan estàs amb ell/a.

4. El millor de tenir parella crec que és...
- a) Que pots confiar en ell/a al 100%.
- b) Que t'ho passes bé quan esteu junts.
- c) Que tinc lio assegurat.

5. Penso que tenir parella...
- a) És el millor que em podria passar ara mateix.
- b) No és prioritari per a mi però si en tinc, benvinguda sigui.
- c) És un rotllo!

PUNTUACIÓ

1)	a=15	b=10	c=5
2)	a=15	b=10	c=5
3)	a=15	b=10	c=5
4)	a=15	b=10	c=5
5)	a=15	b=10	c=5

RESULTATS

De 60 a 75: Estàs més que preparat per tenir parella. Vols gaudir de la vida al costat d'una persona que estimes i ho tens molt clar. Fes les coses amb paciència, no et precipitis i aconseguiràs el que vols.

De 40 a 55: Encara no sembla que estiguis del tot preparat/ada. Almenys, ara per ara no és la teva prioritat. Creus que altres coses són més importants i que no podries dedicar-li prou temps a la teva parella. Millor espera't fins a estar-ne ben segur/a, ja sorgirà sol!

De 20 a 35: Potser t'estem desil·lusionant ara mateix, però no ens queda més remei que comunicar-te que **més val que deixis el tema per un altre moment.** Ara per ara, la teva actitud no mostra predisposició a poder mantenir una relació sentimental com cal; però no t'impacientis, tot arriba!

COMENTARIS

i el milloooor!
Uepuep
I EL MILLOR DE TENIR PARELLA ÉS QUE TENS ALGÚ QUE LES 24 H DEL DIA ESTÀ PENDENT DE TU I T'ESTIMA I APOIA EN TOT MOMENT.

+15 -0

addsadsadada
dssda
Millor solter, tinc 14 anyets i sóc jove; m'agrada viureee la vidaa!! :D

+0 -1

sssssip
Uepuep,
El pitjor de tenir parella és la gelosia, sens dubte... una puta merda és això, sí...
I per molta confiança que tinguis en la parella, existeixen terceres persones putes. Hahah.

+31 -6

TEST: Com fas els petons?

Vols saber com fas els petons? Descobreix quin tipus de petoner ets!

1. Quan li estic fent un petó...

a) Tanco els ulls i li faig un petó amb molt d'amor.
b) Em poso a 100... L'agafo ben fort del cul i m'arrambo bé.
c) Procuro que no siguin petons ni massa llargs ni apassionats… Intento fer bé els petons.

2. Després de fer-li un petó normalment...

a) Arrossego els dits per tot el seu cos.
b) El/La miro i faig un somriure.
c) Em quedo tallat i no se què fer.

3. Com t'agrada més que et facin els petons?

a) Un bon morreig.
b) A la comissura del llavi… sensual!
c) M'encanten els petons al coll… em posen molt!

4. És la teva primera cita amb ell/a. Quan li fas un petó?

a) A la primera cita mai!
b) Espero que ell/a me'l faci.
c) Em llanço cap a ell/a sense vergonya.

5. Quin és el millor lloc per fer un petó?

a) Al llit... fent... ehem...
b) A la platja, sota la llum de la lluna.
c) Tots els llocs són bonics si ets amb la persona que estimes.

6. Com va ser el teu primer petó?

a) Realment desastrós… No sabia com posar la llengua.
b) Molt bonic...
c) No el recordo.

7. La propera persona a fer-me un petó ho farà...

a) En unes hores. b) En uns dies. c) Ni idea...

PUNTUACIÓ

1)	a=15	b=10	c=5	**5)**	a=5	b=10	c=15
2)	a=15	b=10	c=5	**6)**	a=5	b=15	c=10
3)	a=15	b=10	c=5	**7)**	a=15	b=10	c=5
4)	a=5	b=10	c=15				

RESULTATS

De 85 a 105: A tu el que et va és el morbo! T'encanta excitar la teva parella i posar-la a 1.000! Compleixes tots els requisits d'un/a petoner/a de primera. Felicitats! Tot i que una mica de romanticisme no t'aniria malament...

De 60 a 80: T'agrada fer petons i que te'n facin. Ets molt carinyós/osa i això està molt bé! El teu romanticisme et farà ser realment feliç i viuràs experiències molt boniques. Però no et deixis portar per la monotonia: fes dels teus petons alguna cosa especial, només a l'abast d'aquella persona a qui estimes, fes-los exclusius...

De 35 a 55: Et preocupes massa de com fas els petons, això et fa sentir insegur/a i t'impedeix mostrar-te com realment ets en les situacions amoroses! Deixa't portar i veuràs com de mica en mica li aniràs agafant el truc. Gaudeix del moment i deixa't estar de tècnica... L'important és que us ho passeu bé!

COMENTARIS

Flipant.
Anònima♥
Un 75. El meu primer petó va ser desastrós, sí, però prefereixo no recordar-lo perquè no va ser ni la persona ni el moment adequat...
+21 -3

Bah...
A t'estimo
L'important no és el tipus de petó, l'important és la persona amb la que te'ls fas :)
Visca els petons i l'amor!
+90 -3

TEST: Ets una persona gelosa?

Poc o molt tots hem viscut situacions on ens hem posat gelosos. Algunes vegades amb motiu i d'altres sense. Et consideres una persona gelosa? Respon sincerament a les preguntes d'aquest test i comprova si ho ets o no!

1. Estàs mirant una pel·lícula amb la teva parella. A ell/a li arriba un whatsapp

a) Preguntes «qui és?».
b) No dius res però mires dissimuladament.
c) Segueixes mirant la pel·lícula.

2. Et connectes al mur de Facebook de la teva parella i veus que s'acaben de fer amics amb un pivon espectacular.

a) No passa res, jo també tinc pivons al FB.
b) Em ratllo perquè és més guapo/a i tinc por que li agradi més.
c) Ràpidament li escric «t'estimo, cari» al mur per marcar territori.

3. Aneu de compres a un centre comercial i al passar per davant d'un grup de nois o noies veus que es repassen de dalt a baix la teva parella...

a) Aprofito per menjar-li la boca, que es fotin.
b) Millor, això vol dir que surto amb un pivon.
c) Em ratllo, no m'agrada que el/la mirin...

4. Sortiu amb els amics de festa i també hi ha la teva parella. Vas un moment al lavabo i veus que algú està intentant lligar amb ell/a...

a) T'enfades, què fa deixant que li tirin la canya?
b) Passes per darrere de la persona que li tira la canya i li fas la broma que marxes i faci tranquil/il·la.
c) Vas en plan kamikaze i et sumes a la conversa mentre marques territori i li fas un petó.

5. Sou a la platja i veus com la teva parella es mira un pivon que passa per davant...

a) Que miri tranquil/il·la, no hi ha res de dolent a mirar!
b) Et sap greu però no li dius res.
c) Et ratlles i li dius a veure si ho troba normal...

6. La teva parella t'envia un whatsapp dient que quedeu més tard perquè s'ha trobar un/a ex pel carrer i van a fer un cafè

a) Pilles la ratllada de la teva vida, estàs fatal. I si tornen o es lien un altre cop?
b) Cap problema, aprofitaràs per avançar feina de l'insti.
c) No saltes d'alegria però tampoc t'enfades. Li contestes fent-li la broma que «us vagi molt bé, gràcies per haver-te conegut».

7. Sona el mòbil de la teva parella, despenja i surt a fora a parlar...

a) El primer que penses és «què amagues que has de sortir a fora?».
b) «Esperem que torni!», no et fa res. Deu tenir els seus motius.
c) T'obsessiones que t'està posant les banyes i que parla amb l'amant...

PUNTUACIÓ

1)	a=15	b=10	c=5
2)	a=5	b=10	c=15
3)	a=15	b=5	c=10
4)	a=10	b=5	c=15
5)	a=5	b=10	c=15
6)	a=15	b=5	c=10
7)	a=10	b=5	c=15

RESULTATS

De 85 a 105: Ets una persona supergelosa! Has de vigilar i aprendre a controlar-te els atacs de gelosia. Corres el perill de carregar-te la relació... Confia més en la teva parella o això no acabarà bé.

De 60 a 80: Tot i **no ser una persona supergelosa** hi ha moments en què sí que t'hi poses. Normalment són atacs de gelosia justificats en veure actituds de la teva parella o de terceres persones que et fan veure perillar la relació. Ja saps que una mica de gelosia és bona per a la relació i ens ajuda a valorar la nostra parella.

De 35 a 55: Considera't afortunat/ada! Hi ha molt poques persones que no tenen gelos, però sembla que tu ets una d'elles. És probable que siguis una persona molt segura de tu mateixa i molt independent. Vigila perquè a vegades hi ha parelles que entenen la falta de gelosia com un senyal de poca estimació.

COMENTARIS

sfasfasd
GBZCXZ
Si ets molt gelós és un problema, si no ho ets gens... també és un problema. BUUFFF!!! Vaya tela! Hahahhaha.

+23 -2

Parella?
Schweinsteiger
Parella? Què és això? Es menja?

+12 -1

TEST: Vol alguna cosa seriosa amb tu?

Aquesta és una de les grans preguntes i una de les gran preocupacions de moltes adolescents catalanes. Aquí et deixem algunes preguntes que, si respons sinceradament, et donaran alguna pista de com et veu aquell noi de qui t'estàs enxoxant...

1. Quant temps fa que esteu liats?

a) Menys de 15 dies.
b) Uns dos mesos.
c) Més de mig any.

2. Normalment qui fa el pas per quedar? Qui envia primer els whatsapps?

a) Ell.
b) Jo.
c) Depèn del dia.

3. Què feu quan quedeu?

a) Anem a prendre alguna cosa, passegem i després ens acabem liant.
b) Només arribar ja ens mengem la boca i anem per feina.
c) Anem al cine o parlem asseguts en algun parc. No sempre ens acabem liant. Estem bé junts i parlant també.

4. Quan li expliques alguna cosa...

a) Et mira fixament i li brillen els ulls.
b) Està més pendent del mòbil que de tu.
c) Et mira als llavis.

5. Aneu caminant pel carrer i us trobeu els seus amics...

a) Ell els saluda mentre tu et quedes en un segon pla.
b) Et presenta dient: «és una amiga».
c) Els diu als amics: «és la famosa Laura de qui sempre us parlo...».

6. Li expliques que hi ha un noi que no para de tirar-te la canya...

a) Et pregunta si a tu també t'agrada amb cara de preocupació.

b) Es posa a riure i et diu: «aprofita!».

c) Es fa el xulo i diu que a ell també li tiren la canya.

PUNTUACIÓ

1) a=5	b=10	c=15		**4)** a=15	b=5	c=10
2) a=15	b=5	c=10		**5)** a=5	b=10	c=15
3) a=10	b=5	c=15		**6)** a=15	b=10	c=5

RESULTATS

De 75 a 90: Aquest noi vol alguna cosa seriosa amb tu! És més, es mor de ganes que siguis la seva xurri! Planteja't si això és el mateix que vols tu perquè ell s'està enxoxant, i molt, de tu!

De 55 a 70: Sembla que ell no ho té gens clar. Hi ha moments que li agradaria que fossis la seva xurri, però tampoc vol renunciar a la seva solteria. Bàsicament té por al compromís. Si us seguiu veient és probable que et demani alguna cosa més...

De 30 a 50: És dur però només et vol per enrotllar-se amb tu. Si tu estàs d'acord amb aquest tipus de relació, endavant! Ara bé, si t'estàs començant a enxoxar d'ell vigila perquè ho podries passar malament.

COMENTARIS

sdar

yhetyt

I els que no tenim xurri no podem fer el test :) però la vida segueix! Al final acabarem trobant el noi perfecte.

+96 -3

paskdjlm

poaskdl

Oooooh gràcies per aquest test, realment ho necessitava... La resposta ha estat just la que esperava xd :) bueno, aviam com s'acaba tot entre nosaltres...

+15 -1

i TEST: Sou compatibles?

L'atracció física no és suficient per poder mantenir una relació. Hi ha altres aspectes molt importants a tenir en compte, que us poden convertir en incompatibles. Comprovar-ho és tan senzill com respondre a aquestes preguntes!

1. Ets a la porta de l'insti esperant el noi/a que t'agrada. Què fa?

a) Passa de tu i entra a classe directament.
b) Et mira, somriu amb nervis i entra a classe.
c) Es para a saludar-te i a preguntar-te què tal.

2. La gent de la vostra classe organitza una farra. Tu només vols anar-hi per veure si el/la caces, però als teus amics els fa pal anar-hi. Com ho soluciones?

a) Hi vaig igualment encara que hagi d'estar sol/a.
b) Intento convèncer els meus amics que hi vagin i si no, em quedo a casa.
c) Parlo amb ell/a i li pregunto si hi anirà per anar-hi plegats.

3. Al final has anat a la farra dels de la teva classe i just en aquell moment sona la teva cançó preferida. Què feu?

a) Comenceu a ballar-la i a cantar-la com uns bojos.
b) Ell/a no se la sap i a tu et fa vergonya fer el pena.
c) Tot i que no se la sàpiga et segueix el rotllo i la balla amb tu.

4. Després de la farra...

a) Ni us acomiadeu. Ell va a la seva i desapareix amb els seus amics.
b) Et diu adéu i marxa.
c) T'acompanya o l'acompanyes fins a la porta de casa teva/seva.

5. L'endemà al matí...

a) Comenteu la jugada i rieu un munt!
b) No et parla.
c) Et deixa una nota a l'estoig donant-te les gràcies per la nit passada.

PUNTUACIÓ

1)	a=5	b=10	c=15
2)	a=5	b=10	c=15
3)	a=15	b=5	c=10
4)	a=5	b=10	c=15
5)	a=15	b=5	c=10

RESULTATS

De 60 a 75: Està fet a la teva mida! És el teu noi/a ideal i tots dos esteu encantats l'un amb l'altre! Sereu molt feliços junts!

De 40 a 55: Tot i que no sou 100% compatibles **la vostra relació pot anar molt bé!** No cal compartir els mateixos gustos per estimar-vos.

De 20 a 35: Segur que trobes una altra persona amb qui sigueu més compatibles. **No t'obsessionis amb ell/a!** Hi ha més peixos al mar!

TEST: Estan jugant amb els teus sentiments?

Descobreix si la persona en qui penses juga amb tu o va de debò!

1. Qui proposa les vostres cites?
- a) Jo.
- b) Ell/a.
- c) Tots dos.

2. Algú dels dos ha estat amb altres persones mentre ha durat la relació?
- a) Sí.
- b) No.
- c) No en tinc ni idea.

3. De l'1 al 10: valora com de forts són els teus sentiments cap a ell/a (1 poc forts, 10 molt forts).

a) 1 - 4 b) 5 - 8 c) 8 - 10

4. De l'1 al 10: valora com de forts creus que són els seus sentiments cap a tu (1 poc forts, 10 molt forts).

a) 1 - 4 b) 5 - 8 c) 8 - 10

5. Qui tira més la canya a qui?
- a) Jo a ell.
- b) Ell a mi.
- c) Més o menys igual.

PUNTUACIÓ

1)	a=5	b=10	c=15
2)	a=5	b=15	c=10
3)	a=5	b=10	c=15
4)	a=5	b=10	c=15
5)	a=5	b=15	c=10

RESULTATS

De 60 a 75: Té pinta de ser una història d'amor autèntica! Si tots dos espereu el mateix de la relació, segur que us va de conya. Tot i així cal que deixeu clars els vostres interessos: què voleu, què sentiu i com us sentiu! Si tot segueix així, seràs molt feliç amb l'altra persona!

De 40 a 55: Tot enamorament té uns passos previs, un procés lent i complex, i sembla que ara us trobeu en aquest moment. És normal que us sorgeixin dubtes, confusions de sentiments, alts i baixos... I fins i tot que de vegades es mostri una mica distant, però això no significa que jugui amb els teus sentiments! **Podeu formar una bona parella plegats**, no perdis l'esperança.

De 20 a 35: És molt possible que estigui jugant amb tu... Vigila! Potser aquesta persona no et convé. En una relació cal que hi poseu interès tots dos. Parla amb l'altra persona dels teus sentiments i tingues clar el que vol. Encara que et faci mal és millor saber la veritat!

COMENTARIS

ffdfgdg
Anònimaaa
AMB MI NO HI JUGA NINGÚ! A tenir personalitat!

+50 -5

juga
la cuqui
Segons el test... Està jugant amb mi :(
Petons, adolescents.

+42 -1

Avere...
Ileniaaa
Noies, si el vostre nòvio el veieu que us estima i sol té ulls per tu, no et pots pensar de que s'està liant amb una altra.
Petons, adolesceeents! :)

+6 -0

i TEST: La teva parella t'ha estat infidel?

El tema de les infidelitats s'està posant de moda i ara allò de «portar banyes» ja afecta una gran part de la població. Et proposem un test on hauràs d'escollir la resposta que més s'adiu al comportament del teu nòvio o nòvia per descobrir si s'amaga algú darrere la vostra relació sentimental!

1. Últimament el seu comportament ha canviat, ara està més distant i esteu perdent la confiança?

a) Sí, i això no m'agrada gens.
b) Alguna vegada, però després torna a estar com sempre.
c) No! Seguim igual de junts com sempre.

2. Es preocupa molt pel seu aspecte. S'ha apuntat a un gimnàs i es compra més roba que abans.

a) Sí, cosa que no feia quan vam començar la nostra relació.
b) Potser sí que mira més pel seu físic, però això no em preocupa.
c) No, no ha canviat els seus hàbits.

3. No quedeu tan sovint perquè «té molta feina amb els estudis», i cada vegada us veieu menys.

a) Sí, i em fa por que això acabi amb la nostra relació.
b) De vegades hem d'estar uns dies sense veure'ns, però ho comprenc, està molt enfeinat/ada!
c) No, per molts exàmens que tingui sempre passem ni que sigui una estoneta junts :)

4. Li sona el mòbil i no l'agafa, o rep missatges i no els llegeix davant teu.

a) Sí, però no m'atreveixo a preguntar-li per què ho fa...
b) Alguna vegada, però sempre em diu que és sa mare i que ja li trucarà després.
c) Mai! No li he pillat mai res de compromès.

5. Li has descobert mai alguna mentida?

a) Sí, i em sap molt de greu que la meva parella em menteixi.
b) Alguna. Poques, però alguna. Però jo també n'hi he dit!
c) No! Sempre ens expliquem totes les veritats.

6. T'ha estat infidel en alguna altra ocasió?

a) Sí, però tothom es mereix una segona oportunitat...
b) Quan va pet tonteja amb tots/es, però no en faig cas perquè el dia següent seguim igual com sempre.
c) Que va! Sempre critica els/les seus/seves amics/gues que posen les banyes als seus nòvios/es...

PUNTUACIÓ

1) a=15 b=10 c=5
2) a=15 b=10 c=5
3) a=15 b=10 c=5
4) a=15 b=10 c=5
5) a=15 b=10 c=5
6) a=15 b=10 c=5

RESULTATS

De 75 a 90: Ens sap greu, però sembla que **hi ha una tercera persona que pot acabar amb la vostra relació.** Estàs perdent el protagonisme del cor de la teva parella i algú està agafant el relleu. Et recomanem que **siguis tu qui tallis amb la història aquesta**, sempre queda millor ser tu qui diguis prou!

De 55 a 70: Mmm, no les tenim totes. Pot ser que **la teva parella senti atracció per una altra persona** i estigui mirant de conquistar-la, o no s'atreveixi a llançar-s'hi per respecte a tu. Mira de parlar amb ell/a sobre aquest tema i **aclariu les coses**. Com més ho feu durar, més dolorós serà el desenllaç...

De 30 a 50: No et preocupis! La teva parella demostra símptomes de **ser-te totalment fidel**, així que enhorabona! Mira de conservar-la, **es troben poques persones així!** Ara, tingues present que en el cas que fossis tu qui li posés les banyes, ho passaria molt i molt malament...

TEST: Com porta la vostra ruptura?

Penses que t'està plorant pels racons, o potser creu que has deixat d'existir per sempre més? De seguida ho sabràs!

1. Qui va ser el que va decidir posar el punt final?
a) Jo.
b) Ell/a.
c) Tots dos.

2. Feia molt de temps que anàveu junts?
a) Menys de 3 mesos.
b) Més d'un any.
c) Entre 3 mesos i un any.

3. Quines són les seves reaccions públiques al mur de Facebook?
a) Penja fotos de les últimes festes amb amics.
b) Aparentment, no ha canviat res.
c) Posa cançons d'amor i estats que denoten tristor.

4. Ha intentat recentment posar-se en contacte amb tu?
a) No, no n'he tornat a saber res.
b) Sé per amics comuns que intenta saber de mi.
c) M'escriu constantment.

5. Què creus que faria ara mateix si li diguessis de quedar?
a) Em diria que me n'oblidi per sempre.
b) La veritat és que no ho sé.
c) Sé que es posaria molt feliç.

PUNTUACIÓ

1)	a=5	b=10	c=15
2)	a=15	b=5	c=10
3)	a=5	b=10	c=15
4)	a=5	b=10	c=15
5)	a=5	b=15	c=10

RESULTATS

De 60 a 75: És probable que hagis marcat la vida d'aquesta persona, però cadascú s'agafa les situacions de formes diferents i necessita més o menys temps per passar pàgina. Potser li seràs difícil d'oblidar per tot el que has ofert en la vostra relació, però, per tant, no et costarà trobar noves persones.

De 40 a 55: Mai no seràs indiferent en la seva vida. Potser no cal agitar gaire la situació, però si ho vol el destí, amb el temps podreu saludar-vos quan us creueu. Per si de cas, no parlis mai malament d'algú amb qui hagis estat, que diu molt poc de tu.

De 20 a 35: Doncs no es pot dir que t'hagi oblidat, perquè és molt difícil oblidar ningú amb qui has compartit una història maca, però **ha pres la decisió de mirar endavant.** No se sap mai, però convé que facis el mateix, quedant-te amb els bons records i les coses que has après, però pensant que ara és millor així.

TEST: Sou amics o més que amics?

És l'eterna pregunta que tots ens hem fet alguna vegada: Som amics o més que amics? Si tens dubtes sobre els sentiments que tens cap al teu millor amic o amiga, respon sincerament al test!

1. Quant fa que us coneixeu?
- a) Menys d'un any.
- b) Tota la vida.
- c) Dos anys o així.

2. Teniu algun secret?
- a) I tant!
- b) No.

3. Sortiu de festa els dos sense altra gent?
- a) Sí.
- b) No.
- c) Algun cop.

4. La gent us fa bromes i us pregunta si sou nòvios?
- a) Poques vegades.
- b) Sí, sempre! Són molt pesats.
- c) Mai.

5. Algun moment has sentit atracció cap a ell/a?
- a) Sí, però només som amics...
- b) Una vegada, tenia un dia tonto.
- c) Mai.

6. Et faria ràbia que ell/a comencés a sortir amb algú?
- a) Sí.
- b) No.

7. Heu fet mai el joc d'imaginar què passaria si fóssiu nòvios?
- a) Sí.
- b) No.

I ♥ U

PUNTUACIÓ

1) a=15 b=5 c=10
2) a=15 b=5
3) a=15 b=5 c=10
4) a=10 b=15 c=5
5) a=15 b=10 c=5
6) a=15 b=5
7) a=15 b=5

RESULTATS

De 85 a 105: Amics? **No t'ho creus ni tu que només sou amics!** Esteu superenxoxats! Deixeu de fer veure que només hi ha amistat entre vosaltres i feu el pas d'una vegada! Love is in the air... tararaa ralaaala!

De 60 a 80: Esteu en aquell moment on **és fàcil que els sentiments es confonguin.** Pot ser que un dels dos es pengi de l'altre. Teniu una molt bona relació i és fàcil que en qualsevol moment sorgeixi l'amor. De moment, però, teniu clar que sou amics... A veure quant dura... ehem!

De 35 a 55: Entre vosaltres hi ha una bona amistat i res més. De vegades els sentiments es confonen i sorgeix el dubte sobre què passaria si fóssiu més que amics... Si us arrisqueu pot funcionar molt bé o destruir la vostra amistat, que és massa valuosa com per posar-la en perill.

COMENTARIS

HOLA A TOTS!
AAAAAANOMIMA
AQUEST TEST ÉS COM UN JOC ;) AIXÒ DEPÈN DE MOLTÍSSIMES COSES, PERÒ IGUALMENT GRÀCIES, AMB AIXÒ ENS PODEM ORIENTAR UNA MICA.

+3 -4

.
....
ESTIC CONFOSAA...

+4 -0

TEST: Com tens l'autoestima?

L'autoestima és un valor humà lligat a la confiança en un mateix! El grau de capacitat que tinguem per autovalorar-nos tindrà conseqüències en la nostra manera d'afrontar la vida. Com tens, tu, l'autoestima? Contesta les preguntes del test i obtén la resposta.

1. Cada dia quan em desperto i em miro al mirall penso...

a) «Uff! Quines pintes! Quina mandra haver d'afrontar aquest dia».
b) «No mato, però miraré de reciclar-me... Si m'hi esforço, avui pot ser un gran dia».
c) «La vida és bonica, jo també em menjaré el món que hi ha a fora».

2. El volum de la meva energia depèn en gran part de:

a) El que pensin els altres de mi.
b) El que em valorin els altres i em sàpiga valorar jo.
c) Sentir-me bé amb mi mateix de forma general.

3. Quan camino sol/a pel carrer...

a) Miro els altres i penso que les seves vides són millors.
b) Em sento igual que els altres.
c) Camino amb el pas ferm donant gràcies a Déu per ser tan guapo/a i simpàtic/a.

4. Quan ens tirem una foto amb els amics...

a) Mai em veig bé. Sempre vull que la repeteixin.
b) No acostumo a agradar-me, però que pensin el que vulguin.
c) No la vull ni veure, ja sé que he quedat superbé! Quan em veig m'agrado molt.

5. Quant temps dediques a arreglar-te?

a) El mínim. No m'hi miro gaire.
b) No m'agrada marxar de qualsevol manera, però no més de l'imprescindible.
c) Tardo molta estona. Demano mil opinions, em repasso mil vegades i em deixo com un príncep o princesa.

6. Et consideres una persona segura de si mateixa?

a) No. Sempre vaig amb por!
b) Depèn del dia, el moment, la situació...
c) I tant! Trepitjo fort! Em puc equivocar, però sempre actuo amb moltíssima seguretat.

7. Si arribes tard a classe, t'entrebanques i tothom et mira...

a) Em vull morir, em poso vermell/a com la sang i em poso a plorar.
b) Et poses vermell/a, aixeques el braç i mig rient vas al teu lloc.
c) Te'n rius, fas broma de la situació i dius «això us pot passar demà a vosaltres».

8. Quan vas de compres amb els amics...

a) Vas perdut/uda i no saps mai què comprar-te.
b) Passes desapercebut/uda i vas fent la teva.
c) Portes la iniciativa, fas la ruta de botigues i et passes l'estona aconsellant.

PUNTUACIÓ

1)	a=5	b=10	c=15	**5)**	a=5	b=10	c=15
2)	a=5	b=10	c=15	**6)**	a=5	b=10	c=15
3)	a=5	b=10	c=15	**7)**	a=5	b=10	c=15
4)	a=5	b=10	c=15	**8)**	a=5	b=10	c=15

RESULTATS

De 95 a 120: Tens molta sort! **Et sents molt bé amb tu mateix/a! T'agrada el teu cos i el teu caràcter.** T'agrada prendre el lideratge de les situacions i tens autoconfiança! Saps administrar la teva energia i no tens por de les situacions que et pugui plantejar la vida. Tot i això alerta! Tanta autoestima pot fer que et mostris com un/a fatxenda! **No perdis mai la humilitat o projectaràs arrogància i cauràs malament.**

De 65 a 90: Tens la sensació de ser un/a més de la pila, en termes de ciclisme et trobaries immers en el «pelotón». Tens dies de tot! Dies que penses que et sents molt bé amb tu mateix/a i d'altres que no tant! **Si et cuides, t'entregues a tu mateix/a i t'hi esforces, la teva autoestima pot créixer** i pots trobar-te en la puntuació següent. Creu en tu mateix/a, perquè vals la pena.

De 40 a 60: Tens l'autoestima sota mínims, **et sents l'aneguet lleig del grup** i creus que els altres tenen una vida millor que la teva. Ets sents deprimit/ida i no saps què fer per sortir-ne. L'autoestima depèn de tu mateix/a! **Fes un esforç per sentir-te millor!** Fer esport et podria ajudar a reflotar l'ànim! No et desesperis.

COMENTARIS

lelele
Lelelele
«Creu en tu mateix, perquè vals la pena». M'agrada molt la frase del text! Bon any a tothomm!

+206 **-6**

adfeae
Anònim
37, feliç de com sóc. No em vull sentir la millor i tampoc la pitjor, el terme mig crec q esta b encara q reconec q hauria de millorar algunes coses.

+19 **-3**

(:
Maria
Aquest test, més o menys, és el que ens vam fer una tarda sencera a l'institut. Aquella classe em va fer pensar molt, i des de llavors em sento molt millor amb mi mateixa, sóc el que sóc, si als demés no els agrada, és el seu problema! M'agrada també saber l'opinió dels altres, i hi ha vegades que me la prenc massa de debò, però després penso en aquella classe sobre l'autoestima, i penso en que m'he de valorar tal i com sóc. (:

+40 **-8**

=)
noia...
Tens tota la raó Maria =) El teu comentari m'ha fet pensar... Jo sóc una mica tímida i sempre penso k sóc lletja i bueno...

+22 **-5**

i TEST: Com et veuen els altres?

Mitjançant aquest test podries arribar a saber com et veuen els altres. Va, anima't a contestar aquests plantejaments...

1. Quan quedem amb els amics...
- a) Sempre truco jo.
- b) Ho combinem.
- c) Sempre m'ho han de proposar.

2. Quan estem en grup parlant de les nostres coses...
- a) Em quedo al marge de la conversa.
- b) Participo, però em costa portar la iniciativa.
- c) Porto la veu cantant, capto l'atenció del grup.

3. Classifica el teu sentit de l'humor
- a) Baix. b) Normal. c) Alt.

4. Els meus resultats acadèmics són...
- a) Dolents.
- b) Suficients.
- c) Notables / excel·lents.

5. T'agrada anar a la moda?
- a) No, i no m'interessa estar actualitzat.
- b) Em vaig adaptant, però no m'obsessiono per ser pioner.
- c) Sóc un boig de la moda i la tecnolo.

6. Si un amic em demana ajuda...
- a) Ho deixaré tot i l'auxiliaré.
- b) Primer sóc jo, després el cop de mà.

7. Quan tinc un problema...
- a) L'afronto i el soluciono.
- b) Passo el mort a un altre.
- c) Obvio el problema fins que es fa més gran.

PUNTUACIÓ

1)	a=5	b=10	c=15	**5)**	a=5	b=10	c=15
2)	a=5	b=10	c=15	**6)**	a=5	b=10	c=15
3)	a=5	b=10	c=15	**7)**	a=5	b=10	c=15
4)	a=5	b=10	c=15				

RESULTATS

De 85 a 105: Et veuen el líder de la colla!! Vas a la teva, però ets un referent i un líder d'opinió per als altres. Tothom vol ser el teu amic, però compte!!, si no els cuides una mica, els aniràs perdent de mica en mica. Potser et falta un punt d'humilitat i ets massa egoista. Hi ha molta gent, fora del teu nucli d'amistats, que et té mania i a vegades tenen motius per pensar així. Aquesta actitud et podria passar factura, però no és res que no puguis arreglar.

De 60 a 80: No destaques especialment, però **ets imprescindible dins del teu cercle d'amistats.** Els teus amics creuen que podries polir moltes coses, però no ho fas perquè ja vas tirant. Un dia arribarà la teva oportunitat, només falta que no l'aprofiti un altre. Pensar en tu està bé, però recorda que no estàs sol/a.

De 35 a 55: Et veuen com una persona poc sociable, que viu al seu món. Et sents frustrat perquè voldries sentir-te més integrat a la colla. Malgrat tot, saben que ets una bona persona i que no els fallaràs. Podries mirar de perdre la vergonya i confiar una mica més en tu mateix/a. Això t'ajudarà en moltes facetes de la vida. Tens un bon cor i un dia la vida et recompensarà. Abans de dir les coses pensa-les dues vegades!

COMENTARIS

M
85
Quanta raó... A cuidar els amics s'ha dit!
+2 -1

Bah...
Anònim
100, però veig que em sento identificada. De vegades sóc molt egoista i només penso en mi, m'ho diu hasta la meva família!
+0 -1

LOVE

TEST: Ets una persona influenciable?

Et proposem que facis aquest test per descobrir si ets molt influenciable o no. Respon sincerament a les preguntes per saber si ets d'aquelles persones que, a l'hora de decidir, tenen molt en comptes les opinions de la gent del seu entorn. Ep! Ningú ha dit que això sigui dolent, eh!

1. Estàs amb la colla d'amics i tot i que saps que fumar és dolent per la salut, un d'ells et tempta perquè facis una calada del seu cigarro....

a) Et sembla que si no ho fas quedaràs malament davant de tots, així que fas una calada ràpida...

b) Li dius un NO rotund. Fumar és dolent per a la salut i no et fa falta treure fum per la boca per anar de guais per la vida.

c) Expliques que ho faries però que si els teus pares et pillen no et deixen sortir de casa mai més. D'aquesta manera sembla que ho vulguis fer però que els pares no et deixen...

2. Vas de compres amb una amiga –o un amic– i t'emproves uns pantalons que t'agraden molt. Quan els ensenyes a la teva amiga et diu que no li agraden. Què fas?

a) Me la suda el que ella pensi, a mi m'agraden!

b) Dubtes molt. Te'ls treus i quan vas per deixar-los un altre cop al seu lloc, decideixes que te'ls quedes.

c) És amiga meva i si no li agraden, part de raó deu tenir. No te'ls quedes.

3. Es posa de moda una nova polsera i a la teva classe tothom la porta... El problema és que tu la trobes horrorosa!

a) Evidentment m'apunto al carro de la nova moda encara que no m'agradi! No vull ser diferent!

b) Si la polsera no m'agrada no me la poso! Així de fàcil...

4. Sortiu tres amigues –o amics– de festa i coneixeu tres nois –o noies–. Sembla que la cosa està bastant aparellada, 3 i 3, i decidiu acabar la nit a la platja. Dues de les teves amigues s'acaben embolicant amb dos dels nois i t'apreten perquè et liïs amb el noi que queda...

a) A mi ningú m'ha de dir amb qui m'haig d'embolicar i qui no. Si no m'agrada no m'hi lio...

b) Per uns moments et veus vestida de monja mentre les frases de les teves amigues et ressonen per tot el cap: «Tia, no siguis monja, va!»... Així que endavant! Al cap i a la fi, el noi és maco.

5. La teva colla d'amics decideix que dissabte volen anar al concert d'un grup que tu no suportes gens ni mica! Quan t'ho proposen...

a) Els hi dius que és una gran idea! No vols quedar-te sol un dissabte i menys quedar malament davant de tots els teus amics. Vés a saber què diuen si no hi vas...

b) Amb la veritat per davant els dius que no t'agrada gens aquell grup i que passes de gastar-te pasta per anar a un lloc que no et fa il·lusió. Els hi proposes de trobar-vos després!

c) Els dius que sí que hi aniràs, però a última hora envies un whatsapp dient que no et trobes bé. D'aquesta manera t'estalvies el concert i ningú es posarà amb tu.

PUNTUACIÓ

1) a=15 b=5 c=10
2) a=5 b=10 c=15
3) a=15 b=5
4) a=5 b=15
5) a=15 b=5 c=10

RESULTATS

De 60 a 75: Efectivament **ets una persona molt influenciable**. L'opinió del teu entorn pot arribar a tenir més importància que la teva pròpia opinió. A vegades s'ha de saber passar dels comentaris dels altres i fer el que realment tens ganes de fer.

De 40 a 55: Tot i que tens molt clar què és el que t'agrada fer i el que no, **hi ha moments que la pressió del teu grup d'amics o les opinions dels altres et fan canviar la teva pròpia opinió**. Tot i així, no ets una persona molt influenciable. Només en moments determinats.

De 20 a 35: Parlant clar, **te la suda i molt el que pensin els altres de tu.** Tens molt clar què vols fer, quan ho vols fer i per què ho vols fer. Així que ets zero influenciable! Segurament ets una persona amb molt de caràcter i amb una alta autoestima.

COMENTARIS

xd
Iriis
Bon test! Grans ADOLESCENTS. CAT!

+114 -6

0
Aïda Burillo
Hahaha, me la suda el que diguin de mi!

+17 -2

i TEST: Ets bon estudiant?

Si vols saber si ets un bon estudiant respon a les següents preguntes i descobreix-ho. Això sí, és imprescindible que responguis a les preguntes amb sinceritat. Si no ho fas, només t'enganyes a tu mateix/a!

1. A classe sóc una persona...

a) Responsable. Sóc bon/a estudiant.
b) Que faig el mínim per passar de curs.
c) Que passo de tot... No m'interessa!

2. Quan torno a casa després de l'insti/uni...

a) Miro la TV o la meva sèrie preferida.
b) Faig els deures o repasso la matèria d'aquell dia.
c) Intento compaginar entre sortir amb els amics i fer la feina de classe.

3. A casa meva creuen...

a) Que sóc una persona de profit. Arribaré lluny!
b) Que sóc un desastre... ja no saben què fer perquè estudiï.
c) Que no destaco per ser bon estudiant però que vaig fent.

4. Els companys de classe...

a) Em demanen sempre els apunts i que els expliqui el que no entenen.
b) Em diuen que la liï més a classe.
c) No em diuen ni una cosa ni l'altra.

5. Anar a classe...

a) M'avorreix.
b) M'agrada.
c) Està prou bé.

6. La meva nota mitjana fins ara és de...

a) De 0 a 5.
b) De 5 a 7.
c) De 7 a 10.

PUNTUACIÓ

1)	a=15	b=5	c=10	**4)**	a=15	b=5	c=10
2)	a=15	b=10	c=5	**5)**	a=15	b=5	c=10
3)	a=5	b=15	c=10	**6)**	a=5	b=10	c=15

RESULTATS

De 75 a 90: Segueix així! La teva feina dia rere dia et farà recollir bons fruits. No et relaxis... se't pot girar el vent en contra.

De 55 a 70: No destacaràs especialment en els estudis. Tot i així t'anirà prou bé. Amb l'esforç i la constància pots fer coses que et sorprendran!

De 30 a 50: Si realment vols que les coses et vagin bé t'hi hauràs d'esforçar una mica més! **Treu-te la mandra de sobre i a currar!**

COMENTARIS

hytrerty
ytrewqwertytr
Un 70!! Espero que em vagi bé. I sort i ànims a tots els altres estudiants! Petonets

+78 **-8**

fdhfg
Puck (sóc una noia)
Un 95!!!! Alguns potser pensareu q sóc una empollona i friki però no. M'ho passo pipa i trec bones notes.

+2 **-3**

tata
salta, salta conmigo
Merda... jo 45!, però la veritat és que les classes són una merda i tal, però tampoc trec tan males notes i sóc tan vaga... però bueno!! :)
Un petó, adolescents

+2 **-2**

TEST: Comprova la teva addicció a internet!

T'has preguntat mai si pateixes addicció a internet? Quantes hores al dia et passes davant l'ordinador? Ets dels que no pot deixar de mirar si té noves notificacions? Respon sincerament al test i comprova la teva addicció!

1. Quantes vegades al dia mires el mail o el facebook?
- a) Entre 2 i 4 vegades.
- b) Ufff... Moltes! A cada moment!
- c) Puc passar un dia sense mirar-los.

2. Dediques més estona a internet que a fer la feina de l'institut?
- a) Sí.
- b) No.

3. Quantes hores al dia creus que passes navegant per internet, Facebook, Twitter...?
- a) Menys d'una hora.
- b) Un parell d'hores.
- c) Més de tres hores.

4. Quan no estàs a classe o algun lloc sense internet, penses en què faràs quan et connectis?
- a) Sí, m'agafa el mono i necessito connectar-me!
- b) No, quan arribi a casa, si en tinc ganes ja em connectaré.

5. Què és el primer que fas quan et lleves?
- a) Fer pipi i cap a la dutxa.
- b) Miro les notificacions de Facebook i el mail!

6. Dorms menys hores perquè et quedes fins tard connectat?
- a) Sí, gairebé sempre.
- b) No, les hores de dormir són sagrades.
- c) Només a vegades.

PUNTUACIÓ

1) a=10 b=15 c=5
2) a=15 b=5
3) a=5 b=10 c=15
4) a=15 b=5
5) a=5 b=15
6) a=15 b=5 c=10

RESULTATS

De 75 a 90: Estàs absolutament enganxat/ada a internet! És més, et passes més hores connectat que vivint la vida real! Et recomanem que redueixis una mica les hores de connexió i aprofitis per sortir al carrer, també hi trobaràs coses maques.

De 55 a 70: Pràcticament cada dia et connectes, però això no vol dir que visquis pendent les 24 hores del dia d'internet. Tot i així, vigila i controla't perquè és fàcil caure en l'addicció de viure connectat nit i dia!

De 30 a 50: No et preocupis perquè **estàs molt lluny d'enganxar-te a internet!** Et connectes quan ho necessites i no ets d'aquelles persones que es posen histèriques si no poden mirar cada 5 minuts les notificacions de facebook o entrar a Adolescents.cat.

COMENTARIS

eeaa
fghjk
SOM UNS PUTOS VICIATS, HEHHEHEHE.
Petons, adolescents :))

+139 **-11**

enganxadaa!
Planera98
Al moment en què te connectes, és difícil tancar-lo :$ tens que mirar sí o síí!

+26 **-3**

sense vida social...
TT
Dééééuuu meeu!!! Coooony!!! 60, no m'ho puc creure, no tinc vida social, quina merda, el facebook et vicia molt, em tindré que anar pensant de deixar-lo durant una temporada com una relació xD
Petoons!

+0 **-0**

i TEST: Vols saber si ets un bon fill?

Investiga responent a les preguntes del test d'Adolescents.cat si ets un fill exemplar o si la relació amb els teus pares podria millorar una mica. Participes en les feines de casa? Quan surts de festa tornes a l'hora pactada? Respon aquí:

1. Quants cops t'has discutit amb els teus pares aquesta setmana?

a) 1 o 2.
b) Cap.
c) 4 o més.

2. Quan tens un problema amb els amics o a l'insti...

a) Els ho explico als meus pares.
b) M'ho guardo tot per mi.
c) Els meus pares no n'han de fer res, és la meva vida.

3. Alguna vegada els has dit que els estimes?

a) No.
b) Molts cops.
c) Sí.

4. Ajudes a fer les feines de casa?

a) Mai.
b) Sí.
c) Només quan m'hi obliguen.

5. Quan surts de festa i et diuen a quina hora has d'arribar...

a) Arribo sempre puntual.
b) Intento no passar-me més de mitja hora.
c) Puc arribar 1 hora tard tranquil·lament.

6. Quan esteu tots al sofà mirant la tele...

a) Faig morros fins que posen el canal que m'interessa.
b) M'adapto al que hi ha posat.
c) Intento que tots puguem mirar el que ens agrada.

PUNTUACIÓ

1)	a=10	b=15	c=5
2)	a=15	b=10	c=5
3)	a=5	b=15	c=10
4)	a=5	b=15	c=10
5)	a=15	b=10	c=5
6)	a=5	b=10	c=15

RESULTATS

De 75 a 90: Ets un fill exemplar! Els teus pares segur que estan molt contents amb tu. A diferència de molts adolescents, discuteixes poc amb ells i els estimes amb bogeria. Segueix així perquè tenir-te a casa és un encant!

De 55 a 70: Tens coses de bon fill i coses que potser s'han de millorar. Tot i així es nota que t'aprecies molt els teus pares i que encara que a vegades tingueu discussions, saps que el que ells diuen va a missa. Si t'esforces una mica més veuràs com ells t'ho agrairan!

De 30 a 50: Necessites millorar! Els teus pares es pensen que vas a la teva i que passes completament de la família. Això no vol dir que ho facis expressament, però pensa que no vius sol a casa teva i que hi ha més gent. Potser hauries de participar una mica més a casa i tenir més en compte l'opinió dels pares.

COMENTARIS

...
Anònim
Que estrany, m'ha sortit 130 XD

+67 **-4**

:)
Anònim
A jo tmb m'ha sortit 140...
I després encara es queixen!

+17 **-0**

-N*
Anònim
vv' 130 i que estan farts de mi, que estic ausente, que no sóc la mateixa, que abans estava més a casa i ajudava més... que sí que sí ;)

+8 **-0**

TEST: Quin tipus de pares tens?

Tot i que les relacions entre pares i fills a aquesta edat no acostumen a ser gaire fantàstiques, hem de tenir molt present que són molt importants en la nostra vida, que ens estimen i que ho donen tot pel nostre benestar. Respons a aquest test en el seu honor?

1. És dissabte i tens ganes de sortir de festa. Ho comentes als teus pares i et responen:

a) «Ni parlar-ne! Et quedes a casa».
b) «Vinga, vés i passa-t'ho molt bé! Té 20 eurets per si t'agafa set».
c) «Tingues molta cura i vigila amb qui t'ajuntes. Tingues un mòbil sempre a prop i no beguis! ».

2. T'adones que has perdut la càmera de fotos, no la trobes enlloc. Quan ho dius als teus pares...

a) T'acompanyen a comprar-ne una altra. No ho has fet volent!
b) S'enfaden, i després de fotre't la bronca del segle et deixen clar que no te'n compraran cap més.
c) T'intenten fer memòria d'on l'has deixat, quin ha estat l'últim moment que l'has tingut, t'ajuden a buscar-la per tota la casa... Però si en vols una altra, te l'hauràs de comprar amb els teus estalvis.

3. És el teu aniversari i vols convidar els amics a dormir a casa.

a) S'hi neguen rotundament. De fora vindran que de casa ens trauran!
b) No els fa gaire gràcia, ja que prefereixen la tranquil·litat, però et fa tanta il·lusió que no saben dir-te que no.
c) T'ajuden a organitzar-ho i, per no molestar, decideixen marxar a dormir a una altra casa perquè pugueu muntar-la grossa!

4. Arriba una factura de mòbil estratosfèrica de més de 100 euros...

a) Però fan la vista grossa perquè ets jove i és normal que parlis amb els amics!

b) A més de deixar-te un mes sencer sense mòbil, et fan pagar la factura a tu i t'obliguen a estudiar més cada dia.

c) Et demanen una explicació i et confessen que ells també ho feien quan eren joves. Així que et fan pagar la meitat de la factura i et demanen que no torni a passar.

5. Obren el sobre de les notes i hi veuen quatre assignatures suspeses...

a) T'apunten a classes de reforç extraescolars, et requisen l'ordinador durant la setmana d'exàmens i t'animen a estudiar més.

b) S'enfaden a més no poder, no et deixen sortir durant tot un mes, donen de baixa l'internet i asseguren que això no canviarà fins que milloris.

c) Saben que els estudis són complicats i que no són el teu fort. Per això estan desitjant que acabis ja l'institut i puguis posar-te a treballar.

6. T'agradaria tenir una moto i vols treure't el carnet.

a) T'acompanyen a apuntar-te a l'autoescola, així si vols sortir podràs anar-hi sol/a i no caldrà que t'hi portin ells!

b) Intenten convence't que d'aquí a uns anys ja tindràs cotxe, i que les motos són molt perilloses. Però et fa tanta il·lusió...

c) Amb l'argument que ells mai en van tenir t'ho prohibeixen rotundament.

PUNTUACIÓ

1)	a=5	b=15	c=10	**4)**	a=15	b=5	c=10
2)	a=15	b=5	c=10	**5)**	a=10	b=5	c=15
3)	a=5	b=10	c=15	**6)**	a=15	b=10	c=5

RESULTATS

De 75 a 90: Pares permissius. Són pares amb una actitud general positiva respecte al comportament dels fills. No els exigeixen responsabilitats ni ordres, i sovint no existeixen normes que estructurin la vida quotidiana. Per això els seus fills poden tenir certes dificultats a l'hora d'assumir responsabilitats però són més alegres i vitals que els altres.

De 55 a 70: Pares democràtics. S'estimen els fills i intenten fer el millor per ells. Escolten els seus problemes, les seves peticions i intenten ajudar-los tan bé com poden. No són gaire partidaris dels càstigs i prefereixen solucionar-ho tot mitjançant el diàleg. Saben escoltar i això fa que els seus fills siguin capaços d'afrontar situacions noves amb confiança i iniciativa, es relacionin fàcilment amb altra gent i tinguin personalitat.

De 30 a 50: Pares autoritaris. Són aquells que exigeixen obediència a la seva autoritat i són partidaris de l'ús del càstig i la disciplina per controlar els comportaments que no consideren correctes. No faciliten el diàleg a la família, són poc comunicatius i afectuosos. Els seus fills acostumen a ser tímids i tenen una baixa autoestima. No gaudeixen de la llibertat que desitjarien i acostumen a ser poc feliços.

COMENTARIS

lala
lalakakalla
Els meus papes, els millors :)

+18 **-7**

Per l'altre anònim
Irene *__*
A mi també m'ha posat 10, com la claven, sóc tímida i tinc poca autoestima. vv' Heheehhe

+12 **-0**

...
gvtebger
Ja m'agradaria tenir 4 assignatures suspeses...

+5 **-3**

Grand dictador
Anònim15
He tret un 5. Dono fe de que el meu pare és Adolf Hitler.

+5 **-1**

TEST: Seràs un bon pare/mare?

Tenir un fill no és gens fàcil. Per això, no totes les persones tenen la possibilitat de ser uns pares o mares excel·lents, ja que això requereix unes capacitats determinades. Tot i que segurament encara et falten molts anys per comprovar-ho, amb aquest test t'ajudarem a descobrir si se't donarà bé, això de tenir fills! De moment, sigues un bon amic...

1. Com és el teu pare amb tu?

a) Absent.
b) Autoritari i llunyà.
c) Còmplice i educador.

2. Com és la teva mare amb tu?

a) Massa discreta.
b) Inflexible i severa.
c) Afectuosa, marassa i pedagògica.

3. T'agraden els nens?

a) M'atabalen i em posen molt nerviós/osa.
b) M'agrada compartir-hi una estona.
c) Buf! M'encanten!!! Em passaria hores jugant amb ells!

4. Què faries si el teu fill tornés enfangat fins a les celles?

a) Li clavo un clatellot i el castigo.
b) Passo de tot i no li dic res.
c) Li demano què ha passat i valoro si cal prendre mesures.

5. Com reaccionaries davant d'un càstig inadequat de la teva parella al teu fill?

a) Li retreus davant seu i et poses de part del nen.
b) Deixes que el càstig es compleixi, però parles amb la teva parella perquè la pròxima vegada es faci diferent.

6. Si al teu fill li trobes una bosseta de marihuana...

a) Li dius: «Que bé, lia un porret que fumarem!».
b) Fas com si no ho haguessis vist.
c) Parles amb ell per saber quin ús en fa i poder-lo orientar.

7. El teu fill ha suspès 6 de 7 assignatures; què fas?

a) Li parteixes un gerro al cap.
b) Penses que ja s'ho trobarà i no fas res.
c) Parles amb ell i amb l'escola, i busqueu una solució.

PUNTUACIÓ

1)	a=5	b=10	c=15
2)	a=5	b=10	c=15
3)	a=5	b=10	c=15
4)	a=5	b=10	c=15
5)	a=5	b=15	
6)	a=5	b=10	c=15
7)	a=5	b=10	c=15

RESULTATS

De 85 a 105: No hi ha cap dubte! **Seràs un pare/mare excel·lent!!** Educador, comprensiu, argumentant les bronques i aconseguint que creixin preparats per afrontar la vida amb valors i perspectiva. Amb la teva educació els donaràs les eines necessàries per afrontar els problemes que els puguin sorgir. Felicitats!!!

De 60 a 80: Pots tenir fills i exercir de pare/mare, però realment perquè els teus descendents pugin bé et fa falta una parella que hagi tret una millor puntuació en aquest test. Et mostraries massa indiferent i sense voler afrontar els seus problemes. Ser un bon pare/mare no és només comprar-los les sabates.

De 35 a 55: Si no canvies molt, **oblida't de tenir fills.** Si no els argumentes res, no intentes saber què els passa i **no et mostres com una referència o model**, no sabran quins valors i directrius han de seguir a la vida per poder ser feliços. Ara mateix, no series un bon pare; **les persones també poden canviar.**

COMENTARIS

yeah
Anònim
M'ha sortit que seré una mare excel·lent sens dubte, però vaja, qe encara queda molt perquè tingui fills!

+18 -7

Yeaaaah!
Anònim
Doncs mira m'ha sortit un resultat de 70, que bo aquest test. M'ha agradat i tot.
No hi ha cap dubte que seré un bon pare, tot i que ara encara no tingui fills... tot es veurà en un futur...

+12 -0

____
Anònim
65%, està bé, no? Tot per l'educació dels meus fills quan en tingui!

+5 -1

TEST: Estàs preparat/ada per la primera vegada?

Totes les primeres vegades són especials, diferents, potser complicades... Però tard o d'hora arriba el moment i hem d'estar preparats! Vols comprovar si ho estàs? Respon al test i descobreix-ho!

1. Tens o has tingut alguna relació seriosa i duradora?

a) Sí, de més de dos mesos.
b) Seriosa del tot no, només rotllets.
c) No, mai he tingut parella.

2. Parles amb els teus pares sobre sexe?

a) Sí, sempre m'estan aconsellant.
b) Només quan els demano ajuda.
c) Mai, a casa meva és un tema tabú...

3. Has imaginat mai la teva primera vegada?

a) Sí! I tinc moltes ganes que arribi ja...
b) Sí, però m'espanta una mica, ho faré fatal!
c) No, no penso en aquestes coses.

4. Tens amics/gues que ja hagin mantingut relacions sexuals?

a) Sí, i me n'han parlat molt bé!
b) Sí, però no en tenen gaire bons records.
c) No, almenys que jo sàpiga...

5. Quin d'aquests mètodes anticonceptius evita l'embaràs i les malalties de transmissió sexual?

a) La pastilla del dia després.
b) L'anell vaginal.
c) El preservatiu.

6. Quins dies és més probable quedar-se embarassada?

a) Una setmana abans del període menstrual.
b) Dues setmanes després de finalitzar la menstruació.
c) Durant els dies que dura el període menstrual.

PUNTUACIÓ

1) a=15 b=10 c=5
2) a=15 b=10 c=5
3) a=15 b=10 c=5
4) a=15 b=10 c=5
5) a=15 b=10 c=5
6) a=15 b=10 c=5

RESULTATS

De 75 a 90: Estàs preparadíssim/a! Gràcies a la gent del teu entorn, que procura el millor per tu, la teva actitud i el teu interès, aquest test ha detectat que mostres una bona predisposició a mantenir relacions sexuals de la manera més correcta. Això no significa que la primera vegada surti tot perfecte, però haver obtingut aquesta puntuació és un molt bon senyal!

De 55 a 70: Potser no et trobes en el teu millor moment, encara. A poc a poc anem madurant i el que ara probablement se't podria convertir en una preocupació, més endavant no et suposarà un problema. Et recomanem que, si desitges una primera vegada inoblidable, esperis el moment precís. No falta gaire!

De 30 a 50: Definitivament, no sembla que estiguis preparat/ada. Potser ets massa jove, massa immadur/a o simplement no estàs suficientment informat/ada. Mantenir relacions sexuals és una cosa seriosa, i prendre-s'ho com una broma pot comportar problemes greus.

XXX
XXX